JN088333
俺も同じ気持ちだ
▶これからもずっと、
傍に居てほしい
絢奈
「斗和君、私と出会ってくれてありがとうございます」

「俺さ……さっきまでここことは違う世界に居たんだ。
その世界の俺は斗和じゃないんだ。
俺はその世界で普通に過ごして……
でも物足りないことに気付いたんだよ。そりゃそうだよな……
あの世界は間違いなく俺にとって大切な場所でもあったけれど、
そこには絢奈が居ないんだから」

「斗和君が……
時々何かに負い目を感じていることも気付いてましたよ。
当然じゃないですか、だって斗和君のことですから。
それが気にならないくらい今のあなたが好きだと、
愛しているということです」
「――ねえ斗和君、
この世界は大好きですか？」

「斗和君、今日はずっと
こうしていたいです。
このままずっと、
朝までこうしていたいです❤」
俺の腰に跨り、
瞳にハートマークを浮かべて
見下ろしてくる絢奈。

一途な幼馴染
音無絢奈
主人公の親友
雪代斗和

エロゲのヒロインを
寝取る男に転生したが、
俺は絶対に寝取らない
エロゲ世界の主人公
佐々木修

# CONTENTS

# エロゲのヒロインを寝取る男に転生したが、俺は絶対に寝取らない４

みょん

角川スニーカー文庫

24221

# プロローグ



「あれからもう二カ月くらい経ったなぁ」

自室でボーッとしながらそう呟く。

あれから二カ月くらいというのは、俺がこの世界で今の自分――雪代斗和になってからの時間を意味している。

この二カ月の間に気温も高くなり、否が応でも夏の到来を感じさせる暑さとなっていた。

「…………」

目を閉じ、改めてこれまでのことを思い返す。

絢奈と心を通わせて本当の意味で恋人同士になり、それ以外の人間関係も大きく変化した。

修とのことは相変わらずだけれど、ずっと悪く思われていた絢奈の母親である星奈さんと和解出来たのは嬉しかった……その流れで母さんも星奈さんと仲良くなれたし、これ以上ないほどに全てが良い方向へと向かっている。

「……ちょっと怖いくらいだけど、今までのことを考えたらこれくらいのご褒美はありだろってな」

まあ、そのご褒美があまりにも豪華すぎるのだが。

とにもかくにもこの二カ月にあった出来事は正に激動の一言……けれどその果てに俺と絢奈が摑んだものはあまりにも大きい。

「これからどうなるかな」

不安が全くないわけじゃないけれど、それ以上に期待の方が大きい。

この世界でこれからも大切な存在である絢奈と一緒に居られる……彼女の笑顔を傍で見ることが出来る――それは俺にとって何よりも幸せなことだから。

「…………」

ただ一つ気掛かりがあるとすれば修のことだ。

修とは確かに色々あった……俺もあいつに思っていたことを話したし、絢奈も修に対して正直に気持ちを伝えた。

あの出来事からこの二カ月、彼とは一切話をしていない。

それは俺だけでなく絢奈も同様なので、最近の修が何をしているのかは全く知らないん

「絢奈なら気にしすぎだって言うだろうなこれ」

確かにそれは俺も思う……けど、あいつと過ごして楽しかった時間は決して嘘じゃないから。

俺も絢奈も、そして修も馬鹿みたいに騒いで笑っていた瞬間があった。

取り戻せるならと思わなくもないが、やはりモヤモヤとした気分よりも気軽に笑顔で話せる方が絶対に良い……俺たちはどこまで行っても幼馴染なんだから。

「でも……確かに絢奈とのことや、自分のことで苦悩はたくさんあったけれど乗り越えることは出来た。流石にもう揺り戻しとか……ないよな？」

幸福を一気に奪い去るような何か……まあそんなフラグを立てたところで本当に起きてたまるかって感じだけど、どんなことが起きても乗り越えてやるとしか言えないか。

「……ま、不思議と怖くないけどな」

それはきっと、傍に彼女が——。

「斗和君、入りますね〜」

コンコンと軽くノックがされ、一人の女の子が姿を見せる。

艶やかな黒髪を揺らし、同性異性問わず視線を奪うほど整った顔立ちに豊満なスタイルと……何度自分で彼女を観察しても、悪い部分なんて一切出てこないしこうして褒めてばかりだ。

「絢奈」

「はい♪」

この世界で出会った何よりも愛おしい存在——この世界のヒロイン……否、ここまで来たらこう言って良いんじゃないか？

俺だけのヒロインである音無絢奈……あははっ、流石に恥ずかしいか。

「どうしました？」

「いや、ただ絢奈はいつ見ても可愛いなって思っただけ」

「ふふっ、ありがとうございます♪　斗和君の彼女たるもの、常に美容への投資は欠かしていませんからねぇ」

ニコッと微笑んだ彼女はそう言って俺の隣に腰を下ろし、そっと俺の肩へ頭をコテンと預けた。

「大分、暑くなってきましたね」

「そうだな。そろそろエアコンのフィルターを掃除しとかないとかな」

「そうですね。今はまだ扇風機でしのげますけれど」

それもあるし、夜は窓を開けて網戸にしておけばそこそこ涼しい。

外の音が聞こえてくる不気味さは何年もの付き合いで慣れたけど、絢奈はその辺りどうかな？

（……いや、逆に外の存在が絢奈にビビる気もする）

絢奈の内なる黒い部分、通称黒絢奈が出てきたら俺だってビビるくらいだし……そう考えると絢奈って本当に強い子だよなって、色んな意味で思えるよ。

「むっ？　何やら不名誉な褒められ方をされた気がします」

「気のせいだよ」

「本当ですか？」

そして相変わらず俺のことになるとどこまでも勘が鋭い。

裏を返せば絢奈に全く嘘は吐けないことにもなるけど、よっぽどのことがない限りこの子に嘘を吐く気はないしなぁ。

「絶対に何か思いましたよね？　私の勘を侮らない方が良いですよ？」

「ならどうするんだ？　無理やりにでも吐かせるとか？」

「それがお望みなら……えい！」

ニヤリと笑った絢奈が俺に飛び付く。

何かしてくるとは思ったけど、まさかそここの勢いで飛び付かれるとは思わなかったので、俺は抵抗空しく背中を床に付ける形に。

「斗和君のことですからお願いをすれば教えてくれるでしょうが、それでは面白くないですからねぇ。ここは斗和君の体に直接！　聞いてみようではありませんか！」

「また負けるの？」

そう言うと、絢奈はふんっと鼻を鳴らす。

「それを言っちゃダメなんですよ！　基本的に男性よりも女性の方が色々と弱いんですから！」

「あ、はい」

「そもそも、斗和君は本当に魅力的で……そんなあなたと愛し合ったら負けちゃうに決まってます！　えぇ認めますとも！　理由はどうでも良くてただ斗和君とイチャイチャしたいだけですぅ！　これが私の本心ですぅ参りましたかね⁉」

「はいはい、参りましたよっと」

絢奈の背中に腕を回し、そのまま強く抱き寄せた。

彼女が言っていた恥ずかしいことは一旦置いておき、今はただただのんびりしたかったのでこのままで過ごさせてもらおう。

「……はふぅ、極楽です♪」

「それは良かった」

さっきまでの威勢の良さはなくなり、絢奈は決して他の人には見せないような表情で頬を俺の胸元に擦り付ける。

学校でもそれ以外でも、絢奈はとてつもなく美人だと言われている。

そんな絢奈が一歩間違えたら涎を垂らしてしまいそうなほどに、こんなにも無防備な顔をしているというのは本当に珍しいというか、俺だけしか見られない奇跡の表情である。

「なあ絢奈、何度も言ってるけど俺……幸せだ」

「私もですよ。斗和君の傍で何気ない日常を過ごす……本当に幸せです」

それからしばらく、絢奈を抱きしめたままのんびりしていると規則正しい寝息が聞こえてきた。

どうやら絢奈はこの体勢のまま眠ってしまったらしい。

これだと俺が体を動かせないので困ったものだが、せっかく眠った相手を起こすのも嫌だったので、ここは俺が我慢するとしよう。

「……まあ我慢ってほどでもないんだがな」

可愛くて美人で、大切な彼女のすることならなんでも受け入れてしまうのが惚れた弱みってやつだろう。

「俺たちはこれから先も一緒だ。他の親しい人たちも同じ……これからもよろしくな絢奈」

こういう時、絢奈ならもちろんですと返事があるはず……それがないということは本当に眠っているということで、果たしてどれだけの時間この状態かなと思いながらも、絢奈の眠りを妨げることはしなかった。

「ゲーム世界に転生……ねぇ」

何度考えても不思議な出来事だ。

自分がどんな立場の存在かに悩んだのももはや過去のことで、本来とは違うルートを俺も絢奈も……そして俺の身近な人たちは歩んでいる。

未来のことは俺にも、ましてや他の誰にも分かるものじゃない。

だからこそワクワクするしドキドキするんだろうけど、その未来をこの子と歩めること……本当に幸せ以外の何ものでもない。

「むにゃ……斗和くぅん……うへへっ」

「……何の夢を見てるんだ？」

つうか涎！　今度こそ涎垂れてる!!

近くにティッシュも何もないのでどうすることも出来なかったが、その後に目を覚まし

た絢奈をこれでもかと揶揄ってやったのは言うまでもなかった。

「は、恥ずかしすぎます……っ！」

「可愛かったけどな」

「それでもです！」

　俺たちのやり取りに暗い未来なんて予感させないし、それ以上に絢奈の中にはもう過去に対する憎しみがないことが分かるのも嬉しいのだ。

　彼女にはずっと、前を向いて歩いてほしい。

　決して悲しむこともなく、誰かを恨むこともなく、今みたいに心からの笑顔を浮かべてほしい――それが俺の願いであり、それを守るためにも俺は絢奈を傍で見守り続けたい。

「斗和君も何か恥ずかしい姿を見せてくれないと不公平ではないですか⁉」

「いやいや、絢奈が勝手に見せたんだしさ」

「いいや認めません！　その余裕……私が剝ぎ取ってみせます！」

　そう言って飛び付く彼女を受け止め、逆にくすぐり攻撃で反撃し……ベッドの上にはははぁと息を吐きながら、涙目で俺を見上げる絢奈が出来上がるのだった。

「斗和君はエッチですぅ……っ！」

「……その反応がエッチな気もするが」

俺の言葉に、絢奈は恥ずかしそうに顔を逸らした。

とまあこんな風に俺と絢奈はずっとこんな調子で仲良く、平和な時間を過ごしていて互いに笑顔が尽きない。

あぁでも、そういえば最近絢奈には気になっていることがあるらしい。

これほどまでに幸せな時間を過ごしまくっていると、一足早い倦怠期というものが訪れるのではないかと……。

（こう言っちゃなんだけど、俺たちの間にそんなものが訪れるのか？）

ないとは言い切れない……いや、絶対にないと言える。

だってこれまでずっと一緒に居てこうなんだし、流石にないだろって俺は思うんだけどなぁ。

「なあ絢奈、倦怠期の心配なんて要らないんじゃね？」

「っ……あれは言ってみただけです！　私に訪れるなんてあり得ないですし、斗和君に訪れたら他の女に目移りしないよう軟禁します」

「あ、はい」

軟禁は止めてくれ？

愛おしい彼女の持つ重い愛を怖いと感じながらも、それだけ愛されていることを嬉しいと思ってしまうのも、多分もう手遅れだ。

「斗和君……好きです。心の底から大好きです♪」

腕の中で愛を口にする絢奈を抱きしめながら、今日も俺は最高の幸せを噛み締めている。

学校が終われば、親しい友人たちに挨拶をしてから絢奈と共に教室を出て帰路に就く。

「今日も修君を見ていましたね？」

「……まあ、ちょい気になるからな」

まさかこれは恋……？

なんて馬鹿な冗談を考えられるくらいには思い詰めているわけじゃないけれど、今までの関係から気になるのも仕方ない。

「あいつとのことを引き摺っているわけじゃないよ。それは絢奈も分かっているとは思うけど」

「はい、それはもちろんです。確かに過去から続く因縁があったのは間違いないですが、私たち三人が純粋に仲良く過ごしていたあの日々は嘘ではありません」

絢奈が足を止めたので俺も立ち止まった。

「これはとても不思議な感覚なんですけど、過去に囚われるのではなく顔を上げて前に進むことを決めてからというもの、修君が居た日々を思い返すことも少なからずあるんです。それはきっと、憎しみを捨てたからこそ生まれた心の余裕があるからでしょうね」

心の余裕……絢奈に関して言えばそれはそうだろう。

修のこともそうだが、彼の母親である初音さんと妹の琴音……彼女たちにも燻っていた気持ちを伝えた。

そして何より大きいのは唯一の家族である星奈さんとの関係が修復されたこと……これが絢奈になかった心の余裕を齎した。

「それを齎してくれたのは他でもない斗和君です。斗和君の存在があったから今の私はこう在れる……心が軽くて、毎日が温かくて、何も我慢する必要のない日々……うぅ！」

「あ、絢奈？」

言葉の途中で呻き出した絢奈に俺は慌てる。

下を向いて体をプルプルと震わせた絢奈は、ギュンと物凄い勢いで顔を上げた。

「それもこれも、あなたがくれた日々ですからね！」

「お、おう……」

ちょ、ちょっと勢いが強すぎですす絢奈さん。

絢奈も唐突すぎたと思ったのか、コホンと咳払いをしてから落ち着いた様子で話を続けた。

「とまあそんなこんなで心の余裕があるからこそ、昔と関係が変わったことで彼を気にするのは私も同じです。たとえ時間が掛かっても、また三人揃って笑える日々が訪れたら良いなって私も思いますよ」

「……そうだな。幼馴染だからな」

「はい♪」

いがみ合うよりも、微妙な関係が続くよりも笑顔で接することが出来た方が良いに決まっている。

お互いが考えていることを再認識し、改めて歩みを再開させた。

明日も学校なので流石に絢奈が家に泊まるようなことはないけれど、放課後にうちに来るのはもはや定番だ。

反対に俺が絢奈の家に行くこともかなり増え、その度に星奈さんに盛大なお出迎えをされて絢奈が若干妬くこともある。

「……？」

「どうしました……？」

　さて、そんな風に絢奈の妬いた姿を思い返しながら家が見えた時だ。

　家の前で誰かがジッと立っている……ここから見える情報としては女性であることと、配達員か何かでもないということだ。

「……あれ？」

「斗和君？」

　……あの女性、どこかで見覚えがある気がする。

　どこだったかと必死に記憶を探り……そして思い出した。

「あの人……前に街で会ったことがある。その時に俺のことを斗和坊って呼んだ人だ」

「……え？　お知り合い……というわけでもなさそうですね？」

　どうしてあの人がここに……そう考えていると女性とバッチリ目が合ってしまい、あのインパクトある出会いのせいでドキッとした。

「……何者でしょうか」

「さあな、悪い人ではないと思いたいけど……」

　目が合ってしまったなら無視も出来ない。

　そもそもあの女性が立つ場所は家の前。……さて、突いて蛇が出ないことを祈りつつ俺たちは女性のもとへと向かった。

　ある程度近づいたところで、女性はよっと片手を上げて口を開く。

「やあ斗和坊、あれ以来だねぇ。元気にしていたかい？」

「…………」

「ありゃ、もしかして忘れちゃった？　それはないよ斗和坊！」

「……お知り合いじゃないんですよね？」

　ごめん絢奈、俺にもなんでこんなに親し気なのかよく分からん。

　母さんと同じような雰囲気を纏う派手な女性……果たして彼女は誰なのか、それはすぐに女性の口から語られた。

「あ、そうだった！　そういえば自己紹介とかはしてなかったもんね。これは失敬失敬——あたしは神崎絵支、君のお母さんの知り合いさ」

　その言葉に、俺と絢奈はポカンとするのだった。

　ここに来て新たな人物との邂逅……この出会いが、俺に知らなかった一つの事実を教えてくれることになる。

家の前に居た女性――神崎絵支さん。

母さんの知り合いと言われても、嘘なんていくらでも吐けるので馬鹿正直に信じるということはなかったのだが、流石に昔の母さんと並んでいる写真なんかを見せられたら疑うわけにもいかず、時間も時間だし母さんもその内帰るだろうしで彼女を家に上げた。

「それでね～、姐さんったら男が出来た瞬間にすっごく丸くなったの。夜叉姫だなんて呼ばれてた姐さんがだよ？　あたしは心から魂消たね」

昔のことを楽しそうに神崎さんは語ってくれた。

星奈さんから教えてもらった夜叉姫という渾名なんかも知っている辺り、間違いなく神崎さんは母さんの知り合いっぽい。

というか母さんの渾名や姐さんという呼び方……この時点で、神崎さんが母さんとどういう繋がりなのかが自ずと理解出来てしまう。

「えっと……神崎さんはもしかして、母さんの舎弟ってやつですか？」

「そうそう！　あの頃の姐さんは正に尖った包丁みたいに鋭くてね！　近所の不良を始め、いくつものグループを恐怖のどん底に突き落としていたもんさ」

「……母さん」

「……明美さん……凄いですね」

　もうさ、俺たちは啞然とする他ないよ。

　そもそも絢奈からすれば母さんの武勇伝というか、夜叉姫なんて渾名を聞いたのも初めてだろうし。

（母さんにとって黒歴史みたいだけど、それをこうして自分の彼女に聞かれるのが凄い恥ずかしい……俺のことじゃないってのに）

　しっかし……本当に母さんの知り合いなんだなぁ。

　母さんも見た目はかなり若く見えるけど、神崎さんは更に若く見える……それこそ大学生くらいと言われても信じてしまうほどで、眩しいほどの金髪や耳ピアスなんかが不良っぽい派手さを演出している。

「おや、どうしたんだいジッと見てきて」

「いえ、何でもないです」

ついジッと見つめてしまい、ニヤリと笑った神崎さんが顔を寄せる。

圧と綺麗さを絶妙なバランスで融合させた美貌にドキッとしたのも束の間、俺を守るように絢奈が神崎さんを遮る……って絢奈さん⁉

「それ以上私の彼氏に近づかないでください」

「ふんがっ⁉」

ただ遮るだけでなく、手を神崎さんに顔面に押し付けた。

豚と言ったら失礼かもしれないけど、それに似た声を出した神崎さんを絢奈はフンと鼻を鳴らして睨み付けており……どうやら俺に顔を近づけたことが気に入らなかったらしい。

「いきなり酷いじゃないか……」

「さっきも言ったでしょう？　私の彼氏に近づかないでと」

「おやおやぁ？　もしかして取られるとでも思ったのかい？」

「まさか、単に嫌だったからです。見た目はともかく高校生を誘惑出来る歳でもないでしょう？」

「……絢奈ちゃんだっけ？　随分と言葉が鋭いじゃないの」

絢奈はよく初対面の……それもどこか凄みを持った女性にここまで出来るものだなと俺も驚いてる。

ただ幸いなのは神崎さんは絢奈のしたことに一切怒ったりせず、逆に感心するような表情で楽しそうだ。

「決して舐められるような雰囲気を出しているわけじゃないけど、中々見所があるね君。斗和坊と同じ歳だってのに大したもんだよ」

「それはどうも」

「…………」

なんだか……置いてけぼりだな。

別に寂しいとかではないけれど、俺は少し不思議な感覚だった——絢奈と神崎さんは今日初めて会ったはず……それは確かなのに、まるである程度一緒に過ごしたかのような相性の良さを感じたからだ。

(……不思議だな)

この感覚は一体……その時、ようやく母さんが帰ってきた。

「ただいま～って絵支⁉」

「お邪魔してますよ姐さん！」

驚く母さんと普通に返事をする神崎さんだが、どうやら本当に疑いようもなく知り合いだったらしい。

「いきなりすぎるでしょうアンタ」

「サプライズってやつっすよ！　ねえ姐さん、あたしお腹(なか)が減ったんで美味(おい)しいご飯を所望します！」

「……アンタねぇ。別に構わないけど斗和は？」

「俺も構わないけど」

　まあ、母さんの知り合いなら俺が断る理由もないからね。

　この流れだと神崎さんは夕飯を食べていくことになりそうなので、一足先に絢奈を家まで送っていくとするか。

「絢奈、今から送って――」

「明美さん、私も夕飯をご一緒しても構いませんか？」

「絢奈ちゃんも？　全然構わないわ」

「ありがとうございます♪」

　俺が何かを言う隙もなく、絢奈も夕飯を食べていくことになった。

　絢奈は小声で突然ごめんなさいと言って謝ったけれど、彼女と過ごす時間が少しでも増えるなら全然良いんだと頭を撫(な)でる。

　猫のように目を細める絢奈の可愛(かわい)さに内心悶(もだ)えていると、母さんと神崎さんが何やらコソコソと話していた。

「姐さん姐さん、電話で聞いてましたけど斗和坊やるっすね！」

「でしょう？　あの人に似てイケメンで優しくて……本当に自慢の息子なのよぉ♪」

コソコソというか普通に聞こえてるって……。

でも……母さんがこんな風に俺や絢奈以外と楽しそうにしているのって何気に珍しいというか、最近だと星奈さんとこんな感じだけれど、それよりも深い絆のようなものを感じさせる。

まあ神崎さんと星奈さんでは知り合った年月も違うし、そこを比べても意味はないんだけどさ。

「よしっ！　それじゃあ夕飯の準備をしようかしらね」

「明美さん、私もお手伝いしますね」

「大丈夫よ絢奈ちゃん。今日は全部私に任せてちょうだいな」

「……分かりました」

手伝いを断られたことに絢奈が残念そうな顔をし、俺も母さんもそんな絢奈の様子に苦笑する。

絢奈は母さんと料理をするのが好きなので、夕飯時にこっちに居る時は大体手伝っていた……あぁ、めっちゃ渋々って感じの顔してるよ。

「断られちゃいました……」

「まあまあ、それだけ母さんがご馳走したいってことだな」

「それは嬉しいんですけど……今度は絶対に手伝わせてもらいますから」

絢奈はメラメラと闘志の炎を瞳の奥で燃やしており、次こそは必ずといった決意が窺えた。

そこまでなんだと思いながら彼女の頭を撫でると、絢奈はごろごろにゃぁと声を漏らして甘えてくるのだった。

「それにしてもこんな可愛い子が斗和坊の彼女だなんてねぇ。お似合いなのはもちろんだけどよく捕まえたね？」

こうなるまでに色々あったんだと言おうとした矢先、猫のように甘えていた絢奈が割り込み、大きな声で神崎さんに言い放つ。

「私は最初から捕まえられていましたよ身も心も全部！　だから誰も間に入る余地なんてありません一切合切！」

まさかここまで強く宣言されると思っていなかったのか、神崎さんが呆気に取られたように目を丸くしている。

絢奈はハッとするように我に返り、恥ずかしそうに俺の胸元に顔を埋めてボソッとこう言った。

「ごめんなさい……小さな嫉妬です。神崎さんが明美さんの古い知り合いなのは分かりましたけど、今日会ったばかりの女性が斗和君と仲良くしていることが嫌で……はぁ、直さないとダメだって思ってるのに」

「そうだったのか……でも相手は母さんと同じくらいの年齢の神崎さんだぞ？」

「ちょっと斗和坊、それはあたしが年増って言いたいのかい？」

「そういう意味じゃなくて——」

「ねえ斗和？　それが本当なら私も年増ってこと？」

「母さん、ややこしくなるから止めて？」

俺の周り、歳のことに関してうるさい女性が多くないか……？

いや、この話題に関しては連想されることを口にした俺が悪いってことにしよう——女性には年齢と顔の皺の話題は禁句、心の古事記にもそう書いてある。

「よしよし、何もないから安心して」

「はいぃ……はふぅ♪」

果たして俺の胸に顔を押し付けている絢奈はどんな表情なんだろうか。

「良いねそういうの。やっぱり幸せな光景ってのは周りの人を笑顔にさせるもんだ」

「そういうものっすか」

「男が居ないあたしからしたらある意味辛いけど」

それはまあ、俺に言われても仕方ない。

でも……こうして少しの時間だけど神崎さんと話した結果、俺もそうだが絢奈も随分と心を開いている。

俺たちは子供で相手は大人……その違いはもちろんあるだろうけど、母さんと同じでどこか包容力というか、それに似たものを感じるからかもしれないな。

「神崎さんは気になる人とか居ないの？」

失礼かなと思いつつも聞いてみたら、神崎さんはおやおやと楽しそうな様子へ早変わりし、嬉々としながら答えてくれた。

「あたしはね、男よりも女が好きなんだ」

「……え？」

「…………」

別に同性愛を否定するわけじゃないし、仮にそんな人が居ても貶めたりするようなことはしない……けど、流石にいきなりカミングアウトされたらビックリしてしまう。

俺はこの程度だったけど絢奈はササッと俺の背後に回って隠れ、そんな絢奈を見て神崎さんが慌てたように言葉を続けた。

「嘘だよ軽いジョークだってば！　というか絢奈ちゃん酷くない？　そこまで逃げようとしなくても……」

「すみませんつい……」

「……その本当に申し訳なさそうな反応が地味に傷つくんだけど」

ズーンと重い空気を出して落ち込む神崎さんだが、本気で落ち込んでいるわけではなかったようだ。

そんな風に賑やかな時間を過ごし、待ちに待った夕飯の時間だ。

唐揚げや肉じゃが、シチューなんかも並んでおりとても美味しそうだ。

「姐さんの料理を食べるのも久しぶりだなぁ……匂いからして絶品の香りがプンプンしますよ！」

「神崎さんに同意」

「ですね。明美さんの料理は本当に美味しいですから」

「あらあら、褒めても何も出ないわよ～」

「食べる前から分かるほどの最高の料理が出てるよもう」

そう言うと母さんが目の前に来て思いっきり抱きしめてきた。

どうやら今の一言がかなり母さんの涙腺を刺激したようで、絢奈と神崎さんが居るにもかかわらず離してくれないので流石に恥ずかしい。

それからしばらく母さんの好きにさせてあげた後、四人でテーブルを囲み夕飯を食べ始めたのだが……星奈さんの時と同じように、大人が二人揃(そろ)えば酒が出てくるわけで。

「ぷはぁ～！　やっぱ姐さんと飲むビールは最高ですよ！」

「私もだわ。斗和と絢奈ちゃんには申し訳ないけど、お酒を飲むと楽しくなっちゃうから仕方ないわね！」

食事を進めながら、缶ビールの二本目を開けた辺りからこれだ。

完全に酒の力に支配されているわけではないみたいだが、二人の盛り上がりに俺たち子供組はついていけない。

「絢奈、醤油(しょうゆ)取ってくれる？」

「はい、どうぞ」

「ありがとう」

「どういたしまして」

なので一旦酔っ払い二人のことは無視して料理に集中だ。

ただ……こんな風に母さんたちを放っておけば、勝手に寂しがって絡んでくるのもすぐだった。

「斗和はほんとに立派に育ったのよぉ……こんなに大きくなって、可愛い彼女まで出来て、それでいて私のことをいつも労わってくれて……もう全てが素敵！」

「ちょ、ちょっと母さん！　酒臭いから……っ」

「いやん！　臭いなんて酷い！」

め、めんどくせ～!!

少し前に加齢臭云々の話があったけど、どうもその時から母さんは臭いに関してかなり敏感になっている。

これはお酒のせいであって普段の母さんはもちろん良い匂い……というのは流石に言いづらいので困ったぞ。

「姐さんには嫉妬しないんだね？」

「斗和君のお母さんですから当然です。する必要がありません」

「その割には瞳孔開いちゃってるけど？」

「何か言いましたか？」

「ひぃ!?　いえいえ何も言ってません！」

そっちはそっちで何を……はぁ。

心の中でため息を吐いたものの、やっぱりこういう賑やかな空間は嫌いじゃないし、むしろ楽しいとさえ思える。

静かに過ごしたいことはもちろんあるけど、こんな風に人が集まった時には賑やかに……そんなことを考えていた時だった。

『……ねぇ絵支、私は斗和に親としてちゃんと接することが出来ているのかしら』

『何を言ってるんですか姐さん。あの斗和坊の笑顔が何よりの証拠でしょう？』

『それが嘘の笑顔でも？　そうよ……あの事故から斗和はずっと……ずっと……っ!!』

一瞬……本当に一瞬、見たことのない景色が脳裏に浮かんだ。

無力さに苛まれたかのように、涙を流す母さんを神崎さんが励ましているような光景……そしてそんな母さんを見つめる神崎さんは、今日知った彼女からは考えられないような恐ろしい表情をしている。

「っ……？」

「斗和？　どうしたの？」

「……ううん、何でもない」

ボーッとしていたせいで母さんを心配させてしまったらしい。

ついさっきまで酒の力で凄まじい酔っ払いの姿だったのに、俺の様子がおかしいことにすぐに気付いて優しい母の顔へと変わっていた。

「斗和君？」

「斗和坊？」

俺と母さんの様子を見ていた絢奈と神崎さんにも気にさせてしまったらしく、特に絢奈はすぐさま俺の近くへ来て寄り添ってくれた。

こんな楽しい時間を少しでも台無しにしてしまうのは本意ではないのでどうにか誤魔化し、さっき見えてしまったものは一旦この場では忘れることにした。

本当に何もないから大丈夫、そして空気を変えたいと思った俺の考えを神崎さんは汲み取ってくれたのかこんな問いかけを絢奈へ。

「ところで絢奈ちゃん、斗和坊と付き合うにあたってライバルとかは居なかったのかい？」

「ライバル……ですか？」

この問いかけはつまり、俺と付き合うために競い合った相手が居なかったのかってことだよな？

確かに俺は……雪代斗和はイケメンだけど、浮いた話は何一つなかったし常に傍には絢奈が居たようなものなので、彼女以外の特定の女子と一緒なんてことはなかった。

絢奈は少しだけう～んと考えた後、ニコッと微笑(ほほえ)んで口を開く。

「ライバルというのは主に対等というか、常に研鑽(けんさん)し合うような相手に使う言葉じゃないですか。斗和君のことに関して、私の足元に及ぶ相手がいるわけないじゃないですか」

「おぉ……随分な自信じゃないか」

「逆に自信しかないですよ。確かに小学校の頃や中学校の頃には愚かにも私が傍に居るというのに斗和君に対して想(おも)いを伝えようとする馬鹿……馬鹿が居たものですけどそんなの許すわけないじゃないですかってそんな相手は居ませんどこにもえぇ居ませんとも！」

絢奈さん……よく一気に言えたな全部。

俺の知らないところでそんなことがあったんだと驚きもありつつ、今となってはまあそこまで想われてるんだな……別に引いたりしてないし怖いとも思ってないよ？　本当だからね？

「そもそもですよ？　斗和君は確かにイケメンなのでモテますよ。でも傍に私が居るんですからね？　間男ならぬ間女という言い方があるのかは知りませんが、ネズミ一匹近づけませんよ」

「おぉ……流石」

「流石ね絢奈ちゃん！」

そこからはもう絢奈の独壇場だった。

俺をどれだけ想っているのか、常にどんな風に考えているのか、それをずっと語ることで母さんや神崎さんも大いに盛り上がり、絢奈の話で二人の酒がさらに進んでいく。

俺はというとそんな女性同士の会話に入り込めるわけもなく、俺に関する恥ずかしい話題に顔を赤くしながら母さんが作ってくれた料理を一人寂しく摘むのだった。

「……肉じゃがうまうま」

別に不貞腐れたりはしてない……してないったらしてない。

▼▽

「お疲れ様でした斗和君」

「あぁ……色んな意味で疲れたよ」

賑やかだった夕飯タイムも終わり、明日も学校なので絢奈を家まで送っていた。

こっちに彼女の着替えがあるのはもちろん、翌日が学校でも泊まることは何度もあったのだが、今日は突然だったのもあるし星奈さんを一人にさせてしまったから帰ることにしたようだ。

もうね、前の絢奈と星奈さんの関係を知っているからこそ俺は涙が出そうになったくらいだ。

「……ははっ」

「どうしました？」

「いや、絢奈が星奈さんを気に掛けてる姿がめっちゃ良いなって」

「あぁ……うふふ、私のお母さんですからね♪」

……流石に涙は出ないけど泣きそうになる。

俺が彼女たちの関係を修復したなんて傲慢なことは言わないけれど、それでも関わった人間として本当に嬉しいんだ。

「それにしても神崎さん……色んな意味で強烈な人ですね」

「そうだったな……あの様子だと昔にちょろっと会ったことがあるのかもしれないけど、全然覚えてないし」

これは単純に俺という意識が覚えてないだけで、斗和そのものが覚えている可能性もなきにしも非ず……まあ、そこまで重要なことではないと思う。

「…………」

ただ……こうして考えると思い出すのはあの光景だ。

ふと見えた母さんを慰める神崎さん……あの時に見えた神崎さんの表情は今思い出しても勝手に肩が震えるほどで、それくらい怖いモノだった。

それから暗い夜道の中、絢奈をエスコートして家に着く……当たり前のように修（しゅう）の家も目に入り、彼の部屋はまだ電気が点（つ）いていた。

「斗和君、気になるのは分かりますが今は私をね？」

「っと悪い……」

それもそうだと苦笑し、玄関前まで移動して彼女を抱きしめる。

日中に比べてある程度は涼しいものの、時折吹く生温（なまぬる）い風が少しばかり不快感を与えてくるが、一度こうすると離したくなくなる吸引力が絢奈にはあった。

「夜も大分暑くなってきましたよね」

「そうなると日中はもちろん、夜もこんな風に抱き合えないな」

「それは嫌です！　たとえ汗でベタベタになってもこうしたいですよ」

「まあ、それは俺もそうだけどさ」

そんなやり取りをそこそこ大きな声でしていたせいか、玄関が開いて星奈さんが顔を見せた。

「やっぱり絢奈と斗和君だったわね」

「あ、お母さん」

「こんばんは星奈さん」

抱き合う俺たちを見て呆れた表情をする星奈さん。

「時と場合を……なんてあなたたちには無理な話かしら？」

「何を言ってるんですかお母さん。別れ際なんですから大目に見てくださいよ」

絢奈はそう言って星奈さんを気にすることなく、俺との抱擁を楽しむように抱き着く腕の力を強くする。

星奈さんはそんな絢奈にやれやれと肩を竦めたが、すぐに俺に視線を向けて微笑んだ。

「こんな夜だけれどいらっしゃい斗和君。もう少しお話とかしたいところだけれど、もう帰るんでしょう？」

「そうですね……非常に残念ではあるんですが、絢奈をこうして送ったのですぐに帰ろうと思います」

そう伝えると星奈さんは分かりやすく残念そうな顔をした。

星奈さんも俺と話すことを楽しみにしてくれているのは分かるし、構いたいんだろうなというのも伝わってくる。

期待に沿えなくて申し訳ないのは確かだけれど、今までのことを考えたら本当にこうなれたのが感慨深い。

「じゃあ……また今度、来てくれる？」

「もちろんですよ。なんなら週末にでも――」

「待ってるわね。今度はこっちで夕飯を食べていくのはどう？」

「あ、はい」

「決まりね！」

……唐突に決まってしまった。

その時が待ちきれないと言わんばかりの満面の笑みに、ついつい俺も良い提案をしたみたいだと頬が緩む。

というか母さん然り神崎さん然り、そして目の前の星奈さん然り……年齢なんて当てにならないくらい若々しく笑うので、本当に綺麗だなっていつも思う。

「斗和君がお母さんに取られそうな気がします……っ！」

「そんなことはないから安心してくれって」

「そうよ絢奈、娘の彼氏を取ろうだなんてそんな……ねぇ？」

「そこで意味深にウインクするの止めてもらっていいですか」

そんな風に楽しくやり取りをした後、俺は帰路に就くのだった。

絢奈が傍に居ないので暗い夜道を一人で歩く……怖くはないのだが、夕飯の時間が賑(にぎ)やかだったせいでこの静けさが妙に寂しい。

そして何より、先ほどの絢奈と星奈さんとのやり取りが楽しかったのも理由の一つかな？

「……うん？」

絢奈たちとのやり取りを思い返しながら歩き続け、家が見えたところでおやっと首を傾(かし)げる。

まるで夕方の再現かのようにあの人が、神崎さんが家の前に居た。

絢奈と家を出る前は涎(よだれ)を垂らして寝ていたのに、今の彼女は非常にスッキリとした様子でタバコを吸っている。

（……タバコ吸うんだな。家では全く吸わなかったのに）

そう、神崎さんはタバコを吸っていなかった。

もしかして母さんがタバコを吸わないことや、俺や絢奈が傍に居たから吸わなかったのかな？

「おや、おかえり斗和坊」

「どうもです」

こうやってゆっくり視線が交わるのも夕方と同じだ……というか、神崎さんのタバコを吸う姿、様になっててかっこいいな。

「絢奈ちゃんを家に送り届けたのかな？」

「はい。母さんは寝てます？」

「寝てるよ。あぁあと、部屋までおぶって連れていったから」

「あ、ありがとうございます」

「良いってことさ」

ヒラヒラと手を振り、ふぅっと白い煙を神崎さんは吐き出す。

ユラユラと空へ舞い上がり、ゆっくり透明になっていくタバコの煙を見つめていたら神崎さんが口を開いた。

「タバコはもう良いかな。斗和坊、少し喋(しゃべ)らないかい？」

「それは構わないですけど」

俺は神崎さんの提案に頷(うなず)き、隣に並んだ。

何を喋るんだろうか……チラッと彼女を見ても、まだ黄昏(たそがれ)るように星空を見上げるだけ。

数秒、数十秒と過ぎた辺りで……ようやく神崎さんは喋り出す。

「姐さん……本当に楽しそうで、幸せそうだったね。かつて見た辛そうな表情はもう見る影もないようだった」

「…………」

「きっと斗和坊や絢奈ちゃんが居たからこそだろうね。特にやっぱり息子である君の存在が大きいようだ――君が楽しそうにしていればそれだけで姐さんが幸せそうに笑っているから」

母さんは……そうだな、最近はもうずっと笑ってるよ。

仕事で疲れた夜なんかも、家に居る俺を見た瞬間に笑顔になって……残り続ける斗和としての記憶と比べても、母さんは本当に最近は笑顔でいるところしか見ていない……幸せそうに笑ってくれる姿ばかりだ。

「あたしにとって姐さんは憧れなんだよ。学生の頃、あたしはそれはもうイキりまくってた……ほら、昔って不良が今より多い時代だったからあたしもその例に漏れずだね。家もちょっと特殊だったから調子に乗りまくっててさぁ」

家が特殊……まあ、そこは聞かないでおこう。

「そんな時、年上で強い奴が居るって聞いたから我慢出来なくて……喧嘩を売ったらものの見事に返り討ちにあって――」

「すみません神崎さん……これって日本の話で現実ですよね？　ドラマとかの話じゃないですよね？」

「そうだよ？」

いやいや、こんなのドラマとか作り話って言われた方がしっくりくるんだよなぁ……でも神崎さんは決して嘘を言っているようには見えないし、母さんのことだから全然あり得そうな気もしてしまう。

「ま、そんなことがあってあたしはそれから姐さんに惚れた。姐さんに、弟子入りさせてくださいって頼み込んで今があるんだと思うと感慨深いよ。流石にこの歳になってあの頃みたいなことは出来ないけど」

「そりゃまあ……でしょうね」

今もそうだったら逆に怖いですよ、そう言うと神崎さんはケラケラと笑う。

それからも神崎さんは母さんのことを教えてくれた……それこそ、母さんが居ないのを良いことに色々とだ。

そして、ここからだった。

神崎さんの纏う雰囲気が変わり、異様な空気を醸し始めたのは。

「あんな尖ってた姐さんも彼氏が出来て丸くなっただけじゃなく、結婚して斗和坊が産まれて……本当に魅力的な女性になっていったよ。だからこそあたしは許せなかった――姐さんや斗和坊を悪く言った奴らをね」

「っ……」

ガシッと心臓を掴まれたような感覚が俺に襲い掛かる。

決して俺に向けられている圧ではないのに、肌に手を当てて擦りたくなるくらいには凄みがある。

（……あ）

この凄み……この表情はあのよく分からない光景で見たものだ。

泣いていた母さんを慰めていた神崎さんが浮かべていた表情……ジッと見ていた俺を彼女は見つめ返し、八重歯をキラリと見せてこう言う。

「だからあたしの持つ力を全て使ってその報いを受けさせてやろうとも考えていたのさ。以前、スポーツジムに居た男を任せてって言ったでしょ？　あたしにはそれだけの力があるから」

「…………」

「怖いと思うかい？」

「……少しだけ」

少しなんてもんじゃない……普通に怖いに決まってる。

ただそれは神崎さんに対する継続的な恐怖というわけではなく、やはり母さんの知り合いである点と、今までの言動と雰囲気で味方だと思えるから恐怖よりも安心感の方が強い。

「確かに少し怖いです……でも、安心するのも確かなんですよ。母さんと話をしているところももちろんだし、俺や絢奈と接するあなたを見てもそれは思いました」

「……ははっ、そうかい」

安心したように息を吐く神崎さんを見るに、俺が怖いと言って離れてしまうのを想像していたのかもしれない……まあ確かに普通だったら怖がってもおかしくはないけれど、やっぱり味方だと分かるのが大きいんだ。

神崎さんがニコッと微笑(ほほえ)みながら俺に近づき、グッと肩を組むようにして抱きしめ……そして空を見上げた。

「あたしは決めてたことがあった――もしも姐さんが奴らに対する恨み節を少しでも口にしたなら……他に何か悲しいことが奴らに起因することであったのなら、あたしは完膚なきまでにやってやろうと思った」

それは間違いなく、修の家族たちに関することだろうと俺は直感した。

そしてもしかしたら……絢奈のお母さんまでも、その中に入っているのではないかと。

「でもね……久しぶりに会った姐さん、笑ってたんだよずっと。斗和坊のことをずっと愛おしそうに、何よりも大切そうに語りやがるんだ。あたしのことも少しは構ってよ、そう言いたくなるくらいだよ？」

「母さんが……」

「うんうん♪　あんな風に笑われてちゃ……あんな風に幸せそうに今を語られたら何も出来ないでしょ。姐さんに斗和坊、そして絢奈ちゃんが居てさ……今日はほんとに楽しかった」

まるで今日が最初で最後みたいな言い草だけどそんな気はないらしい。

これからもずっと頻繁に母さんや俺たちに会いたいとのこと。

「ふわぁ……眠たくなっちゃったねぇ。酒もいっぱい飲んだし、あたしもそろそろ寝るとするかな」

「じゃあ家に入りましょうか。どこで寝ます？」

「姐さんの部屋で寝ても良いかい？」

「母さんがなんと言おうと俺が許します。敷布団とか持っていきますね」

「ありがとう斗和坊！　愛してるよぉ！」

今度は抱き着いてきただけでなく、頬にキスまでしようとしてきたのでバッチリガードしておいた。

こういうことは絢奈と……最悪母さんくらいにしか許してはダメだと思ってるし、そもそも絢奈ならこの場に居なくても察してしまいそうで素直に怖い……うん、あの子は怖いです。

「それじゃあ斗和坊、明日……起きれるか分かんないけどまたねぇ」

「はい。おやすみなさい神崎さん」

そうして神崎さんと別れ、俺はようやく部屋へと戻った。

随分と長く喋っていたようで時間もかなり経っており、大分前に家に無事に着けたかの確認メッセージが絢奈から届いていた。

「……これ、続けてのメッセージはないけど三十分は経ってるな。もしかしたらかなり心配させてるかもしれん」

すぐに無事に帰ったこと、そして気付けなくてごめんと送ったら、物の数秒で返事があった。

『無事ならそれで良いんです。たぶんですが、明美さんか神崎さんのどちらかとお話でもしてたんでしょう？　そもそも、斗和君に何かあればすぐに分かりますから！』

なんだ、全部お見通しか。

いつどんな話をしても絢奈からの重い愛を嬉しいなと思いつつ……いや普通に嬉しいと思うんだよな。

「絢奈は逐一俺のことを考えてるらしいけど、かといって束縛してくるわけでもないからなぁ」

絢奈の愛は重たい……しかし、それは心地の良いものである。

重い愛に対してヤンデレとかメンヘラとか、そういった類いの言葉がよく使われることもあるけど、絢奈の愛は本当に俺を包み込んでくれる……いやはや、こう考える辺り俺も相当だよなぁ。

それからしばらく絢奈とやり取りを続けた後、おやすみなさいと伝え合って寝ることにした。

「……思いの外疲れてるな。ま、当然だけど」

やっぱり酔っ払いの相手をした日の夜は疲れる……前に星奈さんが家に来た時もこうだったし。

その後、電気を消してベッドに横になり眠るその時を待つ。

ただこの時に俺が考えていたのは絢奈のことでも母さんのことでも、修のことでもない……今日出会った神崎さんのことだった。

▼▽

雪代斗和という存在になり、この【僕は全てを奪われた】の世界で生きる中で、俺は何度も夢を見てきた。

斗和の過去、絢奈の過去、そして前世とも言うべきもう一人の自分のことだったりと……本来頭の中を整理するための夢は、今の俺にとって多くの事実を教えて助けてくれるものでもあった。

そしてそれは今日も、一つの事実を俺に教えてくれるようだ。

「……また夢だ」

そう、夢だ。

夢だと断言出来たのは不思議な感覚だから……この感覚を言葉で説明しろと言われたら難しいけど、強いて言えばフワフワした感覚だ。

分からないって？　俺も分からないよこんなの。

でもこれは夢だ——そう頭の中で断言した瞬間、目の前に絢奈と神崎さんが現れた。

「……絢奈と神崎さんか」

今日の出来事があったので、これはもう珍しい組み合わせではない。

だがしかし、絢奈が纏う雰囲気にはあまりにも棘（とげ）があり……そんな絢奈を見つめる神崎さんの雰囲気も異様だった。

俺の目の前で見つめ合う二人……しばらく経つとまず最初に神崎さんが口を開いた。

「それで、本当に良いんだね？　あたしの力を借りるってことでさ」

「はい——斗和君を悲しませたあいつらに、明美さんを悲しませたあいつらに地獄を見せてやりたいんです」

「あっはっは！　まさか学生の分際でそこまで覚悟決めてるなんて、それだけ斗和坊に対する君の気持ちは強いってことだ」

「もちろんです」

これは……いや、考えるのは後にしよう。

この光景が俺に何を見せたいのかは分からないけれど、今は二人のやり取りに集中しよう。

「絢奈ちゃん——本当に覚悟が出来てるかい？」

「え？　そんなの出来ているに決まってるじゃないですか。学生の私に出来ることには限界がある……だからこそ大人であり、力を持ったあなたにこうして頼んでいるんです」

「そうだねぇ。まああたしが君にこういうことをするつもりなんだって言ったからこそだけど、あたしが言う覚悟は闇を抱えて生きられるかってことだよ？」

「闇を抱えて……？」

神崎さんは頷き、一歩、二歩と絢奈に近づきながら言葉を続ける。

「当然さ——彼らを陥れるということは、その事実を胸の中に隠しながら生きていくことになる。斗和坊にも、姐さんにも誰にも悟られることなくだよ？　君だって絶対に知られたくはないだろうしね」

「それは……はい」

「本当にこれで良かったのか、もっと何かあったんじゃないかって、そう思っても既に手遅れできっと苦しむことになる。君は愛する人のためなら非情になれる人間だろうけど、逆に言えばその斗和坊への愛と優しさが君を苦しめるんだ」

「…………」

神崎さんの言葉に絢奈は下を向いて何かを考えている。

情けないことに目の前の二人に俺は近づけない……ということは辛そうにしている絢奈に声を掛けることも出来ず、俺が傍に居るからそんなことはしなくても良いんだと伝えることさえ出来ない。

「それでも君はやるのかい？　斗和坊と姐さんに酷いことを口にした彼らを地獄に叩き落としてやると、そう言うのかい？」

実質、神崎さんの煽るような言葉に絢奈は……頷いた。

「はい……やります。私はあいつらを許せないから」

止めろ……止めてくれ絢奈。

神崎さんも絢奈にそんなことを言わないでくれ……彼女を止めてくれと声を大にして叫びたいのに何も出来ない俺はなんて無力なんだろう。

「よく言った、じゃあ色々と詰めようか――よろしく共犯者ちゃん」

「よろしくお願いします」

絢奈と神崎さんが握手をした後、また目の前の光景に変化が起きた。

まるで動画が早送りされるように時間が進み、また同じ場所に絢奈と神崎さんが立っている。

「終わったね」

「……はい」

「あたしとしてもスッとした気分だ。ま、あたしは慣れているからどうでも良いんだけど君は違うみたいだね」

「だから言ったでしょう？　そうなるって」

会話の内容から察するに、ゲームのエンディングの後と言えるだろう。

こんなシーンはゲームで見たことがないのでおそらく舞台裏……こういうことがあったんだろうなってことを俺に教えてくれる。

まあどこまで行ってもこれは夢なので、本当かどうかは分からない……ただの俺の妄想かもしれないからな。

「……そうなるって何のことですか。私は満足していますよ――これでようやく、過去から抱いていた恨みを晴らせたんですから」

「そうかい。ならどうして泣いているのかは聞かないでおくよ。あたしたちは共犯者、何かあったら相談に乗ってあげる。それじゃあ彼らのことに関する悪だくみはここまでだ――お互い、元の日常に戻ろうか」

「…………」

神崎さんの姿が消え、その場には絢奈一人が取り残された。

怒涛の流れにボーッとしてしまったが、絢奈が泣いていると聞いて放っておくことは出来ない……俺の声が届かないとしても、この絢奈が俺の知る絢奈でないとしてもだ。

「……はぁ、終わりました……ね」

絢奈は空を見上げた。

傍に立つ俺には一切気付かずに、この誰も居ない場所で涙を流しながらただただ空を見ている。

「……あ」

その時、雨が降り始めた。

大粒の雨は絢奈へと降り注ぎ、黒いパーカーを着た絢奈の体をびしょびしょに濡らしていく。

「雨……ですか」

まるでこの雨は絢奈の心を表しているようにも見え、彼女の顔を流れるのが雨水なのか涙なのかも判別出来なくなるほど……ってちょっと待てよ、このシーンを俺は知っている……そうだここは！

「ファンディスクのタイトル画面……そうか、これだったのか」

ゲーム本編でも何度かこのシーンを見た気はするけれど、もしかしたらこの繋がり方が本当だったのかもしれない。

まあ結局はあくまでゲームの話だし、これもまた夢なので確かめる術はない……目の前で泣き続ける絢奈に何もしてあげることは出来ず、俺は目を覚ますのだった。

▼▽

「……バッチリ覚えてやがるな」

目を覚ましてすぐ、俺はそう呟（つぶや）いた。

今までと同じように夢の内容は全て記憶に残っており、絢奈に対して何もしてあげられなくて味わった無力感も全て覚えている。

「ただ……安心は出来るな。あの夢のようには絶対にならない」

そう、あの夢のようにはならないとそれだけは断言出来る。

どうして今になってあんな夢を見たのかは分からないけれど、絢奈に関してはもう何も心配はしていないからなぁ……仮に悪い何かが近づこうとしても、その前に対処してみせるから――彼女を守るために、そして二人でこの先の未来を歩くために。

「そして何より……絢奈にはやっぱり協力者が居たんだ――神崎さんが」

ゲームだから、シナリオだからで全てが説明が付く……けれど現実的な話をすれば高校生の絢奈一人でやれることには限界があったはずだ。

そんな絢奈に協力し、復讐（ふくしゅう）の手助けをしたのが神崎さんなんだ。

「……はへ～」

こんな設定が隠されていたのかは不明だし、現実だからこそ整合性を取るために用意されたのが神崎さんなのかも分からないけれど、また夢という形で知らなかったことを知れたことに俺は……あぁいや、別に嬉しくもないかよくよく考えると。

「……絢奈に会いてぇ」

俺はボソッと呟く。

あんな夢を見てしまったせいか、あんな風にはならないと安心もしているのに絢奈に会いたくて仕方ない。

そんな気持ちからの言葉だったのに、まさか返事があるなんて思わないだろう？

「はい、呼びましたか？」

「……え？」

その時、時間という概念を失ったような錯覚に俺は陥った。

ゆっくりと声の出所……ベッドの端になるわけだが、そこには床に座りながらベッドの布団に顎を置く絢奈が居た……絢奈ぁ⁉

「っ⁉⁉⁉」

突如視界に入った彼女に俺はビビり散らし、まるで化け物を見たかのように思いっきり体を跳ねさせてしまい壁に後頭部をぶつける。

「ぐ……ぐあぁあああああっ！」

「だ、大丈夫ですか斗和君⁉」

いや、君のせいなんだけど……というかなんで居るの？

そう聞きたかったけれどあまりの痛みに呻くことしか出来ず……しかも今の音はかなり響いたようで、ドアの向こうからバタバタと足音が聞こえてきた。

「斗和⁉」

「斗和坊、何があったの⁉」

やってきたのは母さんと神崎さんで、二人とも今の音を聞いてただ事ではないと思ったらしい。

「ご、ごめん……ちょい頭を打っただけで」

そう言うと大事ではなかったことに安心し、母さんと神崎さんは部屋を出ていったが絢奈は残っており、ごめんなさいと頭を下げた。

「流石に驚きましたよね……？」

「それはまあ……もしかして単に会いたかったから？」

「……そのまさかです」

シュンとした様子の絢奈だが、なんていじらしいんだと俺は苦笑する。

やっぱり……やっぱりあの夢で見たような絢奈はもう居ないんだと、あんな絢奈になることはないいんだと嬉しくなり、俺は思いっきり彼女を抱き寄せた。

「わわっ⁉」

「は～……頭の痛みが引かないけど引かないわ～」

「ど、どうしました？」

「別に頭を打っておかしくなったりしてないからな。いやぁやっぱりこうなんだよなぁ……明るくて可愛い絢奈が最高なんだよなぁ」

「……と、斗和君がおかしくなってます！」

おかしくなってるは言いすぎじゃないか……？

まあでも、何度も言っているがこの絢奈が最高なんだ……夢のように暗くもなければ泣いてもいないこの絢奈がさ。

「朝早くからサンキューな。起こしてくれても良かったのに」

「いえいえ、眺めているだけでも楽しかったですよ？　私、数十分は瞬きしなかったくらいですし！」

それはちょっと怖いかも……。

ただこうして朝一番に絢奈に会えたのは嬉しかったし、何より安心したのは確かだった。

さてと、また今日も絢奈との一日の幕開けだ。

「斗和(とわ)君」

「なんだ？」

「昨晩、私が帰った後に何もありませんでしたか？」

「……どういうこと？」

「神崎(かんざき)さんに性的に襲われたとか」

「ないから」

いきなり何を言ってるのかな我が愛し(いと)の彼女さんは。

確かに昨晩、神崎さんはうちに泊まったけど少なくとも誤解を生むような展開はこれっぽっちもなかった。

どっちかと言えば……そういう色っぽいものとは正反対のことがあったわけだしな。

「…………」

夢のこともそうだが、神崎さんとのやり取りもバッチリ覚えている。

真実かどうかはもう知る由もないことだけど、もしかしたら絢奈が復讐を遂げるにあたり協力したのが神崎さんだということ。

裏社会に通じる彼女だからこそ、表立って出来ない後ろ暗い繋がりややり方で絢奈に協力したんだろうか。

「なあ絢奈――」

彼女の名前を呼んだものの、ちょっと待てと自らにストップを掛ける。

俺が聞こうとしたのは、もしも神崎さんの協力があったら君はどうしたのかというもの……ったく、もう絢奈がそういうことをしないのはもちろんだけど、わざわざ聞くようなことでもないじゃないか。

「斗和君、そう言いかける時点で何かあったようなものですよ？」

「……それもそうだな」

とはいえ俺のことをよく見ている彼女が、僅かな呟きを聞き逃すはずもなく……俺は観念したようにサラッと話すことにした。

「実は――」

神崎さんがどういう人なのか、どんな立場に居そうな人なのか……そして母さんや俺のために動こうとしていたことも併せて伝えた。

「なるほど、そんな話をしたんですね。神崎さんが明美さんの舎弟とは聞きましたけど……」

「あはは……」

神崎さんとの仲の良さはとても伝わってくるけど、流石の母さんも昔のヤンキー時代については語りたがらないし、それこそ神崎さんの黒い部分についてもきっと教えてはくれないはずだ。

まあ、それを朧気ながら俺は神崎さん本人に聞いたんだけどね。

「……それで」

そして、俺が何を言いかけたのか……それも絢奈に話す。

「神崎さんは力を持ってる……それは話からも、雰囲気からも分かったことだ。なあ絢奈──そんな人が君の抱いていた……既に失われた復讐に手を貸すって言ったらどうしたかな？」

ここまで言うと絢奈は瞬時に理解してくれたようで、彼女は悩みながらも答えてくれた。

「大前提として、昔の私のまま時間が過ぎていたらということで話をさせてください──私はきっと、ほぼ確実に手を借りたと思います。一人でやるには限界がある……不思議とやれるって確信は出来ていても、確実に潰してやりたいって思ってましたから」

やっぱり……絢奈は神崎さんの手を借りる未来を選ぶんだな。

その未来はもう訪れることはないけれど、これでほぼほぼ確信したと言っても良いんじゃないか？

絢奈に手を貸した協力者は間違いなく神崎さんだと。

「けどもう、そんな未来は訪れない」

「もちろんですよ。私はもう復讐とも、過去の暗い自分ともサヨナラしたんですからね！」

そう言って絢奈は俺の腕をギュッと抱きしめてきた。

にへらと表情を崩す彼女……よくよく考えたら、ここまで無防備に笑うことは少し前までなかったはずだ。

笑うことはあってもあくまで綺麗な笑顔……何が違うのか言葉で説明するのは難しいけど、とにかくこんな笑顔は本当になかったんだよ。

「抱き着かれるのは非常に嬉しいんだが……」

「え？」

「もうほら、暑い時期だから離れてもらえると……」

もうね、とにかく暑いんだ。

まだ我慢出来ないほどではないものの、直射日光に照らされる外となると結構しんどいものがある。

絢奈も同じ気持ちだったみたいだが、放課後に涼しくした部屋の中でイチャイチャするという約束をすることで、この場は離れてもらった。

「この暑さ……本当に曲者(くせもの)ですよ。毎年思うことですが、せっかく周りに誰も居ないのに斗和君とイチャイチャ出来ません」

「出来ないことはないけどまあ、仕方ないだろうな」

「むぅ……とはいえ体育の時間とか狙い目では？　汗をむんわりと吸った体操服……中々そそりませんか？」

これは名案です！　そう言わんばかりの絢奈に俺は一言だけ言いたい。

「絢奈さ……ほんとに最近、はっちゃけてきたよね」

「斗和君のおかげですねぇ♪」

はぁ……可愛い笑顔をしやがるよマジで。

朝から中々に刺激的な内容を話していた絢奈だが、周りに他の生徒も増えてきたことで流石にこの話題も終わりだ。

「あっついね〜」

「再来週くらいにプール行かない？」

「良いね！　水着とか揃えとかないと！」

前を歩く女子たちがそんな話題を口にしていた。

やはり夏となれば海、そしてプールなんかのレジャー施設は定番かな？　もちろんそれは彼女たちに限らず、俺と絢奈も既に遊びに行く約束はしているようなもの……絢奈の水着選びを手伝うって約束もしたし。

「斗和君」

「水着だろ？　忘れてないよ……その、俺だって見たいし？」

「あ……ふふっ♪」

約束のことは当然、絢奈も覚えているはずだ。

いつになるか分からないけれどその時を楽しみにしておくとして、俺は相変わらずのとある視線にため息を吐く。

（……気持ちは分からないでもないけどさ）

それは他の人たちから向けられる絢奈への視線である。

これは今までに何度か言っていることだけど、絢奈は凄まじいほどの美人さんでとにかくモテる。

俺と付き合う前の彼女はよく告白されていたが、幸せを噛み締める絢奈だからこそ魅力が更に増していき、傍に俺が居るというのにこんなにも視線を集めてしまう……おまけに夏服でいつもより解放感があるのも理由の一つだろう。

「ほんと、絢奈はなんでこんなに可愛くて美人で……色々と俺の好みにハマりまくって魅力的なんだろうなぁ」

「あら、いきなり褒め殺しみたいなことを……でも良いんですか？　それ以上続けたら私も倍返ししますけど」

「……家でお願い」

「は〜い♪」

可愛い笑顔で頷いた彼女は、コツンと肩を軽くぶつけてきた。

それはまるで同性の友人にするようなもので、最近よく目にするようになった昔の絢奈を彷彿とさせる。

そうだな——俺は今のやり取りに、絢奈の意図を感じ取った。

俺はお返しに肩を軽くではあってもぶつけるようなことはせず、彼女の頭を撫でた。

「やっぱり定期的に見せ付けるのは大事だと思うんだよ」

「そりゃそうですよぉ！」

ほら、絢奈の意図も見せ付けてくれってものだったんだ。

人前でくどくない程度にイチャイチャするのも、相手が絢奈だと中々に難しい……だってそうだろう？

こんな可愛い子が傍に居て触れ合おうとしてくるのだから、こっちだってそれに応えたくなるってものだ。

「まったく……こういうことが前にもあった気がするわね」

「私もデジャブのような感じがしますね……」

「え？」

「あら？」

背後から聞こえた声……振り向かなくても誰か分かったが、俺もこの声には同意だった……確かに前にも似たようなことがあったようななかったような気がするぜ。

「伊織（いおり）先輩に真理（まり）ちゃん」

絢奈が名前を呼んだように、振り向くとやはりその二人だった。

先輩の本条（ほんじょう）伊織と後輩の内田（うちだ）真理……この二人ともう長い付き合いだが、絢奈と同じでヒロインの風格は何も衰えちゃいない。

「あなたたちねぇ……ま、あまり口煩（くちうるさ）いのは止（や）めておくわ」

「あははっ！　でも私たちからしても見てて嬉しくなる光景だし、悪くないと思うんですけども！」

「それはそうだけれどねぇ。高校生という時期に雪代君や絢奈さんみたいなカップルを見ちゃうと、心臓が止まってしまう人が居るかもしれないじゃない？」

「それは言いすぎでは……？」

ほんとに言いすぎだよ。

そこで立ち止まり四人で少しばかり会話をした後、カップルの邪魔はここまでと言って伊織と真理は離れていった。

「二人とも、気を遣わなくても良いんですけどね」

「まあな」

離れていく二人の背中を見つめながら、これも変化だなと俺は思う。

最近はもうあの二人の傍に修が居る姿を見ることがなくなった……もちろん二人とも修のことを気に掛けてはいるのだが、以前に比べたら修は圧倒的に自分だけの時間を過ごしている。

伊織に関しては本当によく気に掛けているのを見るし、それは真理も同様だが最近は相坂と楽しそうにしている姿をよく見る。

「ふふっ、真理ちゃんと電話とかしていると本当に最近は相坂君の話題が多いんですよ。楽しそうに話してくれる半面、顔を赤くしてこっちを見てくれないって悲しそうなのも面白いですね」

「あ～……前からそうだけど、あいつまだ慣れてないのか」

「可愛いですよねぇ。私たちからすればあまりに分かりやすいのに、相坂君は照れているのがバレないよう必死で、真理ちゃんからすればバレているのにもしかしたら嫌われているのかもと勘違いして」

傍から見てるとかなり面白い二人で、相坂と真理の関係は今後どうなるんだろうなってずっと期待してるんだが。

「私がこう言ってはダメでしょうけど、伊織先輩も真理ちゃんも良い方向へ進んでいるようで良かったです」

「そうだな……本当にその通りだ」

伊織は変わらず自分の気持ちに正直に、真理はまだ気付いてなくとも楽しいと思える相手と過ごす……本来進むはずだった未来を考えると、今の方が絶対に良いんだと断言出来る。

「…………」

そうだ……あまりにも全てが上手く動いている。

自分でも怖いくらいに最善の未来へ向かっていて……けれど、ふと思うのはいつかこれが手の平から零れ落ちてしまうのではないか……考えても仕方ないそんな不安を抱くことがある。

絢奈が傍に居る……大切な彼女がそこに居る。

これからもずっと一緒に過ごしていきたい……けれど、もしもこの幸せがなくなってしまったら……それを考えると本当に怖いんだ。

「斗和君？　どうしましたか？」

「え？　あぁいや、ごめん何でもない」

いつもなら俺の些細な変化に気付く絢奈でも、今回ばかりは気付いていないようで良かった……ったく、幸せを感じすぎて逆に不安になるなんて贅沢すぎる悩みだ。

「さてと、俺たちも行こうぜ」

「はい」

そこからは一瞬でも感じた不安を消し去るように、絢奈と楽しく喋りながら教室に着いた。

「おはよう絢奈」

「おはようございます刹那(せつな)」

絢奈は早速友人の藤堂(とうどう)さんのもとへ行き、俺の傍にはある意味話題の相坂がやってきた。

「おっす雪代」

「おっす相坂」

相変わらず触り心地の良さそうな丸刈り頭に手を伸ばす。

じょりじょりとした感触を感じながらも、俺は撫(な)でるのを止めない……いやぁ本当に素晴らしい触り心地だ。

「おい、なんで俺は男に撫でられてんだ」

「じょりじょりした大変良い触り心地だぞ？　これからも励んでくれ」

「励んでくれと禿(は)げててくれを掛けてるわけじゃないよな？」

「んなわけねえだろ。つうか丸刈りは禿げてねえだろうがよ」

「……それもそうか」

でも……確かに励んでくれと禿げててくれって似てるな。

しばらく相坂の禿げ……じゃなくて、頭の感触を味わった後に立ち上がり廊下へ向かう。

用としてはトイレなのだが、相坂も行きたいらしくついてきた。

ちょうど二人になったということで、やっぱりこういう時に喋る内容と言ったらこれだろ。

「最近、真理とはどうなんだ？」

「どどどどうなんだってなんだよ！」

「……ほんと、分かりやすい反応だよな」

頭のてっぺんまで顔を赤くする勢いの相坂に苦笑する。

相坂が真理に想(おも)いを寄せていることは俺と絢奈にとって周知の事実ではあるものの、こうして相坂自身に真理のことを聞くのは本当に時々だ。

「ま、頑張れよ」

「……あんがと」

まあ相坂がどんな答えを出すかは分からないけど、そこはもう俺や絢奈がどうこうする領分ではない……でも友人だからこそ良い関係性に落ち着いてほしい。

その後、トイレを済ませて教室に戻る時だった。

「あ、雪代君！」

「……え？」

「うん？」

声を掛けてきたのは一人の男子……それも一つ上の先輩かな？

……えっと、何の用なんだろうか。

「いきなりごめんよ。僕は文堂。新聞部に所属してるんだが……」

新聞部……ヤバイ、今の俺にとって全く記憶にないモノが出てきたぞ。

斗和の記憶を遡っても全然知らないのは、それだけ影が薄いのかそれとも目立ってないだけなのか……しかし、相坂があっと声を出して言葉を続けた。

「そういや夏休みとか冬休みに入る前、新聞が発行されたのをちょこっと見たことがあるぜ。この高校のベストカップルは誰々だとか、そういうランキングみたいなのを作ってなかったっけ」

「そう、それだよ！」

相坂の言葉に、文堂先輩はキランと眼鏡を光らせた。

さっきまでの雰囲気が嘘のように、自分の土俵へ俺たちを無理やり引き入れる勢いで喋り始めた。

「活動は去年からなんだけど、さっき彼が言ったようにベストカップルや他にも色んなものを特集したりしてるんだよ。他ではあまりこういうの見ないだろ？　だからなのか結構好評でさ！　もちろん失礼なことは書かないし、こんな形で新聞に出しても良いかなと許可は取っているともさ！」

「ち、近いっす！」

勢いが強すぎるだろこの先輩……！

先輩は自分を落ち着かせるようにコホンと咳払(せきばら)いをした。

「とまあこういうものを書きたいということでね！　雪代君と音無(おとなし)さんのカップルについて、記事を書いても良いかなということなんだ！」

「お、落ち着いてくれって先輩！」

この先輩、落ち着いたかと思いきや全然落ち着いてない！

興奮した様子の先輩を宥(なだ)めながらも、俺は冷静に先輩の提案について考えた。

ベストカップル……まあ俺と絢奈がそういう風に見られるのは光栄だけれど、やっぱりこれも実際に俺たちが最近になって付き合い始めたからなのかな？

「他の生徒にも聞き込みをしたり、僕たちの分析も加えながら厳正なる審査をもってランキングは発表する！　とはいえ君たち二人は僕の中でかなり一押しでね！　前からランキング入りしてるカップルたちをはねのけるほどの繋(つな)がりを感じるんだ！」

だから先輩近い……はぁ、もういいや。

「勝手に載せられるならともかく、ちゃんと取材みたいなことをしてくれるなら良いんじゃないか？　なんか面白そうだし」

「それで、どうだい雪代君！」

面白そうだと言う相坂に、是非にでも参加してほしそうな文堂先輩。

二人の表情を交互に見ながら俺はどうしようかと考える……こういうのに名前が載るのは正直恥ずかしくはあるが、先輩も含めて後輩にも絢奈との関係を知らしめる良い手ではある。

ただ俺だけでなく絢奈の意見も聞かないことにはなぁ……なんて、思ったら背後から声が。

「良いではないですか。私は賛成ですよ」

そんな声と共に、肩に手が置かれたので振り返る。

どこから聞いていたのか分からないが、満面の笑みを浮かべた絢奈が藤堂さんを伴って立っていた。

「絢奈……良いのか？」

「もちろんです。この際ですから公に見せ付けてしまいましょう。あ、このカップルの間には入れないなって分からせるんです！」

「おぉ……音無さんは乗り気だな！」

「お前な……」

「私たちのラブラブっぷりをこれでもかと載せてください」

「任せたまえよ！」

……あの、俺の意見は聞かないのね。

まあ絢奈がそれで良いなら俺としても構わないので、じゃあそれでお願いしますと文堂先輩に伝える。

「夏休み前には記事を出したいから、早速明日の放課後にでも軽く取材をさせてもらって良いかい？　二人別々でも良いんだが、やはり一緒に居る時の方が良いと思ってね。写真も撮りたいからねぇ！」

文堂先輩の眼鏡がさっきからキランキラン光りまくってる。

そんな機能はないはずだし現実であり得て良いわけでもないのに、なんでそんな風に見えるんだろう……やっぱ俺疲れてるのかもしれない。

「取り敢えず分かりました。どこでやります？」

「わざわざお呼び立てするわけにもいくまいよ。そちらの教室へ伺わせてもらおうかなと思っているが……放課後なので人も居ないだろうしね」

それは確かに……ということで明日の放課後の予定が決まった。

ウキウキルンルンな様子で文堂先輩は去っていき、俺たちもそろそろ朝礼が始まるので急ぎ教室へ戻るのだった。

「……？」

教室へ入った後、絢奈たちと相坂が離れていってすぐに視線を感じた。

それは修からのもので彼は視線が合うとすぐにいつも通り視線を逸（そ）らしたのだが、最近はあいつの視線に以前は見えた負の感情があまりないことに俺は安心したんだ。

（優しすぎるといいますか、気にしすぎなのですよ斗和君は）

朝礼が始まり、先生の話を聞きながら私は斗和君のことを考えていた。

私と離れても席に座ることをせず、修君の方を見ていたのでこちらとしてもすぐに気付く。

私としても既に修君やその家族に対する憎しみはないようなものですけれど、私よりも修君の方が斗和君の視線を独占してしまうというなら話は別ですねぇ……なんて、私は小さく苦笑する。

（別に気に病んでいるわけでも、気にしすぎているわけでもないのですが……ずっと幼馴（おさなな）

染として過ごしてきましたからね）

あんな風に私たちと決別した……けれど、斗和君が一緒に居たことで楽しかった時間も多かった。

それは斗和君が一緒に居たからこそバランスが取れていたとか、仕方なく仲良くしていたのでもなく……私は本心から確かに三人で過ごしていた時間を楽しく思う瞬間はあったのだから。

（まあなんにせよ、時間が解決してくれると思いますよ。話を聞く限りもそうですが、様子を確認出来るだけでも以前に比べて大分笑顔も戻ってきましたからね）

そう考えてふと気付く。

私も何だかんだ修君のことを気に掛けているじゃないかと。

（これもまた心の余裕の表れなのでしょうね。そして何より、毎日を斗和君と過ごせているから……彼が愛してくれるから。彼の想いを一身に浴びて幸せでないわけがありませんもの）

本当にどれだけ私は斗和君にゾッコンなんだろうか……さっきまでは修君のことを考えていたのに、少しでも斗和君のことを考えたら脳内が全て彼で埋め尽くされてしまう。

「……えへへっ」

おっと、つい幸せの笑みが零れてしまいました。

幸いに先生も他のクラスメイトも一切私の様子に気付いてないけれど、何となく刹那と思われる視線……それも呆れを含んだものを感じるのは気のせいだと思うことにしましょう！

（しかし……刹那ですか）

私の脳内を占めるのは基本的に斗和君と、そして私たちに良くしてくれる大切な人たち……そこには当然、私の友人たちも含まれている。

私には彼女たちに話せない裏の顔であったり、こういうことがあったんだという暗い話もしていないけれど……それでも裏表が一切なく、純粋に友人として接してくれる彼女たちは本当に大切な存在だ。

その中でも刹那はクラスメイトの中で一番仲が良い子……彼女なら私の暗い心内を聞かせても離れていかないんだろうなって、逆にどうして話してくれなかったんだとお説教をされてしまう未来さえ見えます。

（私と斗和君、相坂君に真理ちゃん、刹那に染谷君……私と斗和君はともかくとして、行く末が気になる人たちは多いものです）

もちろん修君と彼を気に掛けている伊織先輩のことも……。

「さて、そろそろ夏休みが見えてきた頃だが……これから毎日言わせてもらうぞ？　羽目は外しすぎるな、常識の範囲内で学生として恥ずかしくない弾け方を心掛けること」

「弾けまくりま～す！」

「お前みたいなのが一番問題を起こすんだよ！　頼むから先生の胃をもっと大切にしてくれ⁉」

先生とクラスメイトのやり取りで教室内に笑い声が響く。

私も少しばかり口元を緩めながら、チラッと斗和君を見ると彼もまた笑っていた。

私の大好きな笑顔で、私がいつまでも見ていたい笑顔で……ねえ斗和君？

あなたは私にずっと笑っていてほしいと言いましたし、幸せで居てほしいとも言ってくれました……どちらか片方が幸せになるのではなく、二人一緒に幸せになるのだと。

（……うふふっ、本当に気を付けないといけませんね。その時のことを考えると、やっぱり頬が緩んで大変なことになりますから）

きっと、その笑みは先ほどの比ではないと思う。

えへへっと可愛い笑みに留めていたものが、ふへへって感じの気持ち悪い笑みに変わってしまうに違いない。

いや、むしろ既にそうなっている可能性も……あ、だから刹那と思われる視線を感じたんですかね？

（……ふぅ、斗和君の彼女として笑われないようにしないと！）

そう気合を入れ、私は改めて先生の話に集中した。

その後、朝礼後や休み時間に刹那がそれを指摘することはなかったので安心していたけど、昼休みに刹那とお弁当を食べていた時にがっつりと指摘されてしまった。

「ねえ絢奈？　あたしからは顔が見えてなかったけど、随分と凄い顔してたんじゃない？」

「……何を言ってるんですか？」

「先生の話の最中、雪代のことを思い浮かべてさぁ」

「なんで分かるんですか⁉」

驚愕！　驚愕ですよこれはぁ！

斗和君の考えていることが分かるのは私だからと説明は付く……でも刹那がそこまで分かるだなんてそんなこと……えっと、何ででしょうか？

「どれだけ絢奈の友人やってると思うのよ。確かにどうして分かるのか自分でも怖いくらいだけど、それだけ一緒に居るってことでしょ」

「……そういうものですか？」

「そういうものよ」

ふむ……でも私は刹那の後ろ姿から表情までは分かりませんけどね？

それは当然なのに口にすると刹那が機嫌を悪くしそうなので、これは言わないでおきましょう。

「流石(さすが)にこれは雪代も分からないいんじゃない？」

「……斗和君ならきっと分かってくれますよ」

ツンと、唇を尖(とが)らせるようにして私はそう言う。

刹那はそっかそっかとクスクス笑いながら……って、実は私もさっきから気になっていることがあった——それはどうにも刹那がソワソワしているというか、何か聞きたそうにしてる？

「刹那、私に何か聞きたいことがあったりします？」

「な、なんでよ……」

「おやこれは形勢逆転の香り……もっとくんくんしてしまいましょう」

「……ねえ絢奈？　やっぱり雪代と付き合い始めて言動とか変わってる」

今はそんなことどうでも良いんですよ、ということで聞きますからね。

「誤魔化(ごまか)しは不要です。それで？」

「……あたしのことには絢奈がこれでもかって気付くのね」

「いえ、こればかりは表情を見れば分かりますよ」

チラチラと何かを気にするように見てるんですから、私でなくとも仲が良い人なら気付くかと。

諦めた様子の刹那はため息を吐き、廊下に来てと言って立ち上がった。

刹那についていくように私も立ち上がり、いざ教室を出ようとしたところでちょうど斗和君が目の前に。

「あ……」

「おっと」

ボフッと音を立てるように、私は斗和君の胸へ引き込まれた。

女の私と違って硬く逞しい胸板……逆に斗和君は私のとっても柔らかな胸元が大好きとのことなので、やっぱり私たちは似てますね！

「斗和君……」

「すまん。他の人ならこうしなかったんだけど、絢奈ってすぐ分かったからこうしちまった」

「いえ、良いんですよ♪」

はぁ……やっぱり斗和君は私の王子様です。

学校という場所、更には教室ということで人の目がたくさん集まるというのに、私は大好きな斗和君の全てをこうして感じている……あ、そういえば刹那とのお話があるんでした！

「ごめんなさい斗和君。こうして居たいのは山々なのですが、刹那と大事な話をしてきますので」

「藤堂さんと？　分かった、行ってらっしゃい」

「行ってきます♪」

思いっきり名残惜しいですと雰囲気を漂わせながら、今のやり取りに呆れた視線を送り続けてくる刹那のもとへ向かう。

「まったくアンタは……ま、良いわ」

「ごめんなさい刹那。それで、話とは？」

教室前の廊下となると出入りする生徒はたくさん居るものの、わざわざこちらに視線を向けてくるような人は極僅かで、話の内容を気にする人は全く居ない。

刹那はチラチラと辺りを確認しながら、こんな質問を投げかけてきた。

「その……まだあたしには全然早いことなんだけどさ」

「はい」

「どうしたら……絢奈と雪代みたいに、お互いにお互いをどこまでも信頼できるような関係になれるのかなって」

「それって……はぁなるほど」

「深くは聞かないでくれると助かるわ……あ、後は仮に付き合い始めたらこれだけは気を付けた方が良いとか……アドバイスも欲しいかも」

これはこれは……なるほどなるほどそういうことなんですね。

これが何を意味するのか分からないほど鈍感でもないですし、誰のことを考えながら顔を赤くして質問してきたのかも全部分かる。

私はチラッと教室で友人たちと喋っている染谷君を見た後、まるで言い聞かせるように話し始めた。

「私と斗和君の間にある深い信頼関係ですけれど、これを話し出すと一時間は止まらなくなります。よって昼休みの時間を大幅に超えてしまうのは当然として、先生に止められても止まらない自信があるのでそこはまず置いておきます」

「あ、置いておくんだ」

私はもちろんですと頷き、頭の中に斗和君のことを思い浮かべながら言葉を続けた。

「刹那は私と斗和君のように、そう言いましたのでそれに答える形で言葉にしますね?

私はとにかく斗和君のことを信頼しています――そして斗和君も私のことを信頼してくれています」

「信頼……」

まあこれに関しては私たちだけでなく、多くのカップル……ひいては夫婦に共通することだと思っている――長く関係を続けるために、もっと相手のことを理解し愛するために必要なのは信頼なのだと。

「自分だけでなく、相手も自分のことをしっかりと信頼してくれる関係になるよう心掛けるんです。何をすれば良いかというならば、まずは誤解を招くような行動は絶対にしないということでしょうか」

「誤解？」

「はい――小さな誤解と疑心が関係に大きな亀裂を招くことなんて珍しくありません。ですから私は絶対にそんな行動はしません……具体的に例を挙げると、恋人以外の男性と必要以上に仲良くしないとか、二人っきりで出掛けたりしないとか……ですかね？」

「なるほど……」

「まあどの程度仲良くするかどうかは匙加減でしかありませんが……そんな誤解が尾を引いて関係が段々と冷めていくのは嫌ですからね」

「……あたしにはまだ恋人が居ないから分からないけど、確かに誤解を招くようなことはしたくないわね」

そう……友達という関係性を超えて、更に親しくなりたいがために男女は恋人関係へと発展する。

それは友達という関係性よりも繋がりは深いだろうけど、些細な出来事で儚く砕け散る繋がりであることも理解しています……私は一度、その繋がりを破壊しようとしましたから。

「そんなはずはない、彼女は……彼はそんなことをしない……そう考えて最悪の〝もしも〟を想像してしまうのは仕方ないんですよ。だからこそ私は斗和君にそんな気持ちを抱かせたくない……こう考えるだけで色々と変わってきますよ」

「……そうなのね」

あくまでこれは私と斗和君に関することなので、こんな風に他人が考えてどうなるかまでは保証出来ないけれど、個人的には凄く良い考え方だと思っている。

「そしてもちろん！　斗和君も私のことを――」

「同じように一番考えてるってことでしょ？　そんなのアンタに言われなくても分かるっての。つうか普段の雪代を見てるだけで分かるわ」

「……むぅ、全部言わせてほしかったです」

おのれ刹那め……そこも含めて私は堂々と言う気満々でしたよ！

「恋人……彼氏かぁ。憧れってほどじゃないけど、一緒に居て楽しいと思える相手は居るし……ま、その内かしらね」

「頑張ってくださいね。何かあれば力になりますよ？」

「ありがと」

顔を赤くして照れる刹那に私は微笑み、更に言葉を続ける。

これはまあ……そうそうあってたまるか案件ではあるものの、伝えておいて損はないですからね。

「刹那」

「っ……なに？」

私の真剣な様子を感じ取り、彼女も少し表情を引き締めた。

「これはそうそうあることではないのですが、世の中にはそんな人の幸せを壊そうとする者が存在します。あの女が気に入った、あの男が気に入ったからという理由で間に入り込む下種も居ます。なので信じられない光景を目にしても、まずは相手と話をしてみて確認しましょう。その上で物事を判断して行動に移す……それが大切だと思いますね」

「絢奈……そうだね。結局、自分たちの関係なんだし他人に左右されるなんてごめんだよ――あたしにもしも恋人が出来たら、あたしはそいつのことを思いっきり信頼しまくってやるから」

「ふふっ、その意気ですよ」

そいつが誰を指すのでしょうか、なんて揶揄（からか）うのを目的で聞くのも止（や）めておきましょうか。

(とはいえ……ですね)

刹那に語った危険人物なんて、世の中にゴロゴロしている。

なんならかつての私がそれに似たことを……つまりは修君が繋いだ女の子たちとの絆（きずな）をズタボロにしてやろうとしたのが私ですからね。

笑い話にするつもりはありませんが、この過去も含めて私はもう前を向いて歩いているんです――斗和君と共に。

「昼休みは……あと十五分ですか。もう随分と話した気がします」

「確かに……あ、もう少し聞きたいことがあって……」

「なんですか？」

「あ～……えっとねぇ……その……ねぇ」

「⁉」

おや？

この照れようは今までにないもの……というより、もしかしたら彼女と接している中で見たことがないものだ。

一体、刹那は私に何を聞こうとしているのでしょうか？

彼女は私にとって大事な友人だし、こうして相談してくれたのはそれだけ信頼してくれている証としても嬉しかった……だから可能な限り、参考になるなら答えてあげたい。

「……何でも聞いて良いのよね？」

「良いですよ」

さっき以上にキョロキョロしながら、刹那は口を開く。

彼女から伝えられた内容は確かに聞くのは恥ずかしいなと、そう思わせるものだった。

「……裸の付き合いとかってどんな感じ……なの？」

刹那が口にした疑問を聞いた瞬間、私は少し吹き出しそうになったけど表情を引き締め、責任を持って答えることにした。

「セックスですか？」

「ド直球に答えるの⁉」

「いや、別に恥ずかしい言葉では……あるかもしれませんが、一応これってただの用語ですからね？」

「分かってる……分かってるけどぉ！　もう馬鹿、やっぱり絢奈は雪代と付き合い始めてから色ボケが過ぎる！」

一体この子は何を言ってるんでしょうか……私が色ボケしているなんて今に始まったことじゃないのに。

ですが、これも中々に不思議な光景です。

私は刹那に比べたら派手な見た目ではありませんけど、話題がエッチなモノだからかこういう話に慣れていそうな刹那の方が大袈裟なほどに照れているのだから。

「ストレートに言ってごめんなさい。ですがこれに関しては私がどうこう言えるものではないですよ。デリケートな問題ですし、色々語ると斗和君にも関わりますし！」

「……そうね。あたしの方こそごめんなさい」

「ですが！」

少しだけなら良いでしょう、そう思って私は少しだけどんな雰囲気でどんな感覚なのかを伝えてみた。

周りに聞かれるわけにもいかないので耳元で喋ると、刹那は茹でたタコのように顔を真っ赤にして離れてしまった。

「……絢奈って清楚系美人なのにそういう感じなのね」

「清楚系美人というのが自分では分かりませんけど、愛する人に求められるというのは嬉しいものなんですよ。もちろん私も求めますけど♪」

「おぉ……」

ウインクを交えて言い切ると、パチパチと刹那が拍手をしてくる。

流石にここまで喋ったら昼休みもあと僅かだったので、刹那と一緒に教室に入ろうとしたがそこで最後にこんな質問が。

「ちなみにさっきの話の延長線上なんだけど、もしも雪代を奪おうとする女が現れたら絢奈はどうするの？」

「殺します」

……はっ、つい反射的に言葉が出てしまいました、反省しないと。

「冗談よね？」

「嫌ですね冗談に決まってるじゃないですか」

「そ、そっか……冗談よね良かった良かった」

ねえ刹那？　どうしてそんなにホッとしているんですか？

いくら過去に憎しみを抱えていた私とはいえ、そんな馬鹿なことをするわけないじゃないですか。

「……目が本気だったんだけど」

「はい？」

「何でもありませんですはい!!」

失礼ですね、そんな化け物を見るような目を向けないでくださいよ。

流石にここまで話をしたら時間もギリギリになり、私たちは急いで教室へ入った。

「……ありがと、絢奈」

「お役に立てたのなら光栄ですよ」

最初は真剣な話、中盤は少しだけエッチな話、後半はまた少し真剣な話をしたけれど、これが利那のためになったのであれば幸いです。

こうして利那からの小さな相談会は終わった。

そして翌日の放課後、斗和君と一緒に新聞部の文堂先輩から取材を受ける瞬間がやってくるのでした。

▼▽

「さあて、ついにこの時間がやってきたぞ！」

「…………」

「……ねえ斗和君、ちょっとうるさくないですか？」

こら絢奈、そういうことはハッキリ言わなくて良いんだ。

（まあでも……確かにうるさいな。何となくだけど、こんなにうるさいから周りに人が居ない方が良いって言ったんじゃないか？）

そう思ったけどきっと間違ってないと思う。

ただ……俺はこうして文堂先輩と向かい合っていて感じたことだけど、この人からは凄まじいほどの記者魂を感じる。

「うるさいのは許してくれたまえ、こればかりは直らん。さて、それじゃあ早速取材をしていこうじゃないか！」

ということで、文堂先輩による取材が始まった。

どういう取材になるのか緊張していた俺と違い、絢奈はとにかく楽しみで仕方なかったみたいで、朝からずっとウズウズしていた……そしてそれが今、遺憾なく発揮されている。

「それではまず、音無さんは雪代君をどう思っているんだい？」

「最愛の人です。王子様です。絶対に離れたくない人です。可能なら今すぐにでも結婚したいくらいです。斗和君はとてもかっこいいので、他の女性の目に触れないところに監禁したいです」

「か、監禁……？」

「冗談ですよぉ」

絢奈から放たれる怒涛(どとう)の回答を全て文堂先輩はメモ帳に書いていく。

監禁とか気になった言葉は右から左へ受け流すとして、満面の笑みで息継ぎせず喋(しゃべ)る絢奈もそうだが……涼しい顔で見えないくらいの速さでペンを動かす文堂先輩……あれ？　なんかこの二人、怖くね？

「つまりそれだけ雪代君のことが大好きというわけだね。今まで取材してきたカップルの中でも、互いに好きや愛してるなんて言葉は何度か聞いたことがある。でも音無さんの言葉は今まで聞いたどのカップルよりも深く感じることが出来るよ」

「当然ですよ。だって私と！　斗和君ですからね！」

「ははっ！　いやぁ付き合い始めた君たちを見ていて正解だった！　持ち上げすぎているように感じるかもしれないけど、やっぱりこちらとしてはこれを見たいがためってところもあるからねぇ！」

もうさ、さっきから二人がずっと喋ってるだけなんだわ。

まあでもこうして眺めているだけでも面白いというか、絢奈が惚気に惚気まくってるとはいえここまで彼女が楽しそうにしている……それが見られるだけでも俺としては嬉しい限りだ。

「楽しそうに話してくれる音無さんを優しく見守る雪代君……この構図を是非とも写真に撮りたいところだが、どうかな？」

「私は構いませんよ」

「俺も大丈夫っす」

しっかし、こうしてると前世の記憶が刺激されるようだった。

少なくとも前世では彼女が居なかったのもあるし、仮に居たとしてもこんなやり取りは普通しないだろう……そもそも文堂先輩みたいな人が稀というか、そうそう出会う機会なんてないんじゃないか？

（……なんだ？）

俺はふと、首を傾げた。

こうして前世はどうだったかを考えると、妙にそのことを考え込んでしまう……傍に絢奈が居るのに、文堂先輩から取材を受けているのに、そっちばかりが気になるのは何故だろう。

（……俺はもう、斗和として生きることを決めている。自分なりに答えを出して、自分の意思で絢奈を好きになって……自分でこうしたいからと今を生きている……それなのに、何故今になってこう前世がチラつく？）

チラつくと言っても色んな光景がフラッシュバックするようなものではなく……何だろうか、上手く言葉に出来ない。

「雪代君、もっと笑ってくれよ！」

「あ、すみません！」

どうやら考え事に夢中になってしまっていたらしい。

せっかく絢奈と一緒に新聞に載せるための写真を撮るんだし、浮かない顔をした写真なんて以ての外だ。

「良いねぇ……良いよ二人とも！」

パシャッ、パシャッと音を立てて何枚も写真を撮られる。

まるでモデルになったかのような気分にさせてくれるくらいに、文堂先輩は盛り上げ上手で俺と絢奈も笑顔が絶えなかった。

「斗和君、肩を組んでくれませんか？」

「分かった」

絢奈の要望に応えるように、肩に腕を回した。

それは文堂先輩の心に響く決定的瞬間だったらしく、これを最後の一枚として写真撮影は終わるのだった。

「斗和君……」

「うん？」

「すみません……実はずっと我慢してて」

「……あぁそういうことか。行っておいで」

絢奈はすぐに戻りますと言って教室を出ていった。

「どうしたんだ？」

「そこは察するべきっすよ先輩」

それでも分からないようだったので、トイレだと教えたら頭を下げる勢いで謝られ、本人には聞かないであげてくださいと苦笑する。

「……僕はこういうところで察しが悪いな」

「ま、そこまで気に病むことじゃないですよ」

「やはり彼女が出来たりすると分かるようになるのかい？」

「人によるんじゃないですか？　俺の場合は絢奈との付き合いが長いからってのもありますし」

ハッキリお手洗いって言わないと伝わらない場合もあるし、こればかりは相手の意図を汲み取れるかどうかってレベルだろう。

「いやぁしかし、今日は本当に有意義だった。音無さんのテンションがあまりにも高くて、ついつい彼女にばかり話を聞いてしまったが」

「俺としても絢奈が楽しそうだったので良かったですよ」

「そうかいそうかい！　じゃあもう少しだけ君に聞こうかな——雪代君は音無さんを普段どう思ってるんだい？」

「大切な人、一緒に居たい人、ですね」

「うむ！　その言葉、そのまま使わせてもらおう！」

……いや、やっぱりちょっと恥ずかしいかもしれない。

それから絢奈が戻ってきた後に文堂先輩とは別れ、これ以上の用はないので帰路に就く

……ただ、その途中で絢奈が行きたい場所があると言って俺の手を引く。

向かった先は公園……俺と絢奈にとって馴染み深く、思い出深い場所。

「どうしてここに？」

「いえ……何となく、ですかね。何となくここで斗和君とイチャイチャしたくなったんですよ」

木陰に行きましょう、そう絢奈は提案した。

カップルが二人で木陰……？　何も起きないわけがなくない……？　なんてことを考える俺はちょっと疲れているのかも。

というかあの文堂先輩とのやり取りや、慣れない撮影みたいなこともしたので疲れてるのも当たり前か。

「えい！」

「おっと」

可愛い掛け声と共に、絢奈が抱き着いてきた。

受け止めた絢奈は俺の胸元に顔を埋めるだけではなく、足も絡ませて体を押し付けてくる。

ちょっとエッチな漫画なんかでよく見るドキッとするような構図だが、俺としても確かにドキッとするし絢奈にもっと触れたいと思うのだが、それ以上にこうしていると一日の疲れが全て吹き飛ぶほどの癒やしがあるんだ。

「まだ遅い時間ではないですし、子供たちの声が聞こえますすね？」

「そうだな……俺たちは悪い高校生だ」

「そうですね。私も斗和君も悪い高校生です♪」

まだ五時前ということもあって公園には遊ぶ子供たちの姿がある。

付き添っている母親の姿もあるし、何ならただ散歩をしている老夫婦の姿もあって……そんな中、俺たちは木陰でこうしているわけだ。

「今日の取材はとても新鮮でした。知り合ったばかりの人にあそこまで斗和君への愛を語ったのは初めてですよ」

「それだけ文堂先輩が信頼出来たってことだろ？」

「あの人は純粋な気持ちで取材してくれましたからね。それにああいう騒がしい人は悪い人じゃないです……ほら、あれは何か悪事を働けば嘘を吐けなくてすぐバレるタイプです」

「あ～……確かに」

その場面が容易に想像出来て笑ってしまう。

クスクスと笑う絢奈が背伸びをするように顔を近づけてきたので、俺もそれに応えるように顔を近づける……触れるだけの可愛いキスだ。

触れては離れ、触れては離れを何度か繰り返し……絢奈はもっと俺に温もりと柔らかさを押し付けるようにしながらこう言った。

「木陰でのイチャイチャはやっぱりドキドキしますね♪」

「っ……」

絢奈は笑顔だ……しかしただの笑顔ではなく、どこまでも俺を求める女の顔をしている。

周りの音がどこまでも遠く感じるように……ただこの子を一心に愛したいと思うほどに、俺はもう絢奈しか見えなくなる──これはまるで、漫画なんかに出てくるサキュバスのチャームに掛かったかのような感覚だ。

……まあ、チャームに掛かったことなんてないんだけどね。

（というかこの構図……あ、そうか）

よくよく考えれば、この公園のこの場所はゲームで修が斗和と絢奈の行為を見つけたところだ。

ある意味で色んな思い出と因縁が渦巻く場所ってわけだ。

それから絢奈が満足するまでキスを続けたものの……俺は少しだけ、自分を残念だと思ってしまった──誰にも見られるわけにはいかないのに、少しだけそのスリルを楽しんでしまったことに。

「ふふっ♪　見られるかもってドキドキしましたね。最初は触れるだけのキスだったのに、最後はもう濃厚なキスでしたから♪」

口から顎に垂れる唾液を指で掬い、ペロッと舐めて絢奈はそう言う。

正直なことを言えば、よくお互いにあそこで踏み止まれたものだと思ったけど、それもまた俺たちの我慢強さ……なんつってな。

「それじゃあ絢奈、送ってくよ——」

これ以上隠れたまま……いや、そうでなくとも絢奈と一緒に居たら我慢出来なくなりそうだったから。

「絢奈……？」

しかし、絢奈は返事をすることなくギュッと抱き着いたまま。

別れを惜しんでいるのか、それともこの続きをしたいって言葉を引き出したいのか……どうやらこの絢奈の様子を見るに、その気持ちがありつつも違うみたいだ。

「斗和君……なんでか分からないんです」

「何が？」

「……不安、なんです」

「不安？」

絢奈は頷き、どうしてそう思ったのかを教えてくれた。

「よく分かりません……ですがふと思ってしまって。斗和君がどこか遠くに行ってしまいそうな……そんな不安が胸中を覆ってしまったんです」

「…………」

絢奈からこんな問いかけをされたこと、それは初めてではない。

彼女自身もずっと闇を抱えていたからこそ、今の日常が幸せで溢れているせいでこう考えてしまうんだろうなぁ。

抱き着いて離れない絢奈をとにかく安心させたい一心で、俺はもっと強く彼女を抱きしめ、耳元に顔を近づけて囁く。

「もうさ、何があっても離れることはないさ——今までに比べて、不安なことがないからこそ不安になる気持ちも分かる。不幸を呼んでくる死神が足音を立てずに背後に居るんじゃや？　なんて考えて風呂で頭を洗ってる時が怖くて仕方ない」

「……ふふっ、何ですかそれ」

いや、実際に心霊モノとか見たらこうなっちまうぞ？

とはいえ絢奈がクスッと笑ったので、この冗談も悪くはなかったってことだ……でも実際、怖い何かを見た後の風呂とか洗面台の鏡とかはマジで怖いけどな。

「俺は絶対に居なくならないよ。つうか居なくなりたくないって……だからそうだなぁ……絢奈が不安になったら俺の名前を呼んでくれ。そうしたら必ず俺は応えるから」

「……はい！」

絢奈の可愛い笑顔は俺の不安を取り除いてくれる……そして彼女のためなら俺は何だって出来るんだと勇気がもらえるから。

それはつまり、何があっても彼女のもとへ駆け付けることが出来る……俺はそう信じているから。

「まあでも」

「はい？」

「俺もそうだけど、絢奈ももう少し外では控えるべきだと思う」

「それは……でも我慢出来ないお年頃なんですから！」

そこは我慢しようか、そう俺が苦笑したのは言うまでもなかった。

「絢奈、それから斗和君も。お外では節度を保つようにね？」

「……はいぃ」

「…………」

絢奈を家に送り届けた際に、迎えに出てきた星奈さんからの一言だ。

俺も絢奈もどうして分かったんだと顔を真っ赤にし、本当に外では気を付けようと心に刻むのだった。

最後まで……というより、俺がその場から少し離れると絢奈は星奈さんと言い合いを始めたことに気付く。

「こういう時は指摘をするものじゃないですよお母さん！」

「あら、大人として注意するべきことはしないとねぇ」

「ほらそこは気を利かせてですね……！」

「それは無理よ。だっておもしろ……あらつい本音が」

「きぃいいいいいいっ!!」

以前の二人を知っているからこそ、どんな顔で言い合っているのか気になって仕方なかったものの、これ以上遅くなるわけにもいかなかったので振り返りはしなかった……凄く見たかったけどな！

それから特に寄り道をもせず帰宅すると、母さんが先に帰っていた。

「おかえりなさい斗和」

「ただいま」

聞けば十分くらい前に帰ってきていたらしく、そろそろ俺が帰るかもと思って玄関前の掃除をしながら待っていたらしい。

「絢奈と一緒にいたんだし、もっと遅くなるかもしれないだろ？」

「ふふん！　私の勘を舐めてもらっては困るわね。それも込みで全てお見通しなんだから！」

「……そっか」

た、確かに母さんの勘もかなり鋭いもんな……いや、それはちょっとどうなのって言いたくなるけど止めとこ。

「斗和」

「うん？」

「今日も笑顔で帰ってきてくれてありがとね。斗和のその様子を見るだけで疲れも吹き飛ぶんだから」

「……母さん」

「おまけにお酒もたくさん入るようになるわ！」

どう考えてもそっちが本音じゃね……？

いきなり感動的な話をしたかと思えばこれだ……けど、こういうのも母さんだから悪いことも言えないし、何も思わない。

いや、ちょっと待てよ？

こんな風に状況を掻き乱す母さんを、偶には俺も掻き乱していいのでは？

「……よしっ」

「斗和？　どうしたの？」

俺は首を傾げる母さんの背中へ腕を回し、そのままギュッと抱きしめて囁く。

「母さん……本当にいつもありがとう。俺、母さんのこと本当に大好きだからさ」

掻き乱すとは言っても、こういう方面の方が優しくもある。

家族に対する感謝の言葉っていくつ伝えても損はないし、少し悪戯心はあったけど普段から母さんに感謝しているからこその言葉でもあった。

「と……斗和ぁ……っ！」

「あ」

そ、そうだったあああああ！

母さんって凄くサバサバしてるし頼りになるかっこいい人なんだけれど、それ以上に俺のことになるとどこまでも涙脆くなるんだったぜ……。

俺の意図に気付かず、母さんは心から感激したように……それこそ鼻水も垂らしながら俺に抱き着いて離れない。

「……母さん、そろそろ泣き止もうか」

「いやんいやん！　斗和ともっとこうしてるぅ！」

「子供かよ……」

「ば〜ぶぅ〜！」

「それはもう赤ちゃんだね」

こんなの近所の人に見せられないって……。

結局母さんが泣き止むまでそのままだったけど、改めてこうして母親の温もりを感じていると考えることがある。

（絢奈だけじゃないんだよな……この世界で大切にすべきもの、不安にさせちゃいけない人は）

恋人だけじゃない……母親だって同じだ。

守るべき存在、傍に居たいと願う人、不安にさせたくない人が多いのは決して悪いことじゃない……だってそうだろう？

それだけ俺は、今の自分が生きるここが大事だってことなんだから。

「斗和、私はあなたの母親で幸せよ」

「……うん」

はぁ……母さんはこれ以上俺を感動させてどうすんだってての。

こんなやり取りをしたせいか、夕飯やその他の顔を合わせていた時間の間、ずっと母さんは幸せそうに微笑(ほほえ)んでいた。
もうさ……こんなのは守り続けていくしかないだろ？
そう俺は自分自身に問いかけるように誓うのだった。

# 3章

I Reincarnated As An Eroge Heroine Cuckold Man, But I Will Never Cuckold

『必ず二人で幸せになる。それが俺たちの決意だよ』

『私は心から斗和君のことを愛しているんです』

その言葉が、およそ二カ月ほど経ったというのに頭から離れない。

僕にとって……佐々木修にとって幼馴染の絢奈は何よりも大切な存在だった……大切で大好きで、掛け替えのない存在だったんだ。

けれどそう思っていたのは僕だけで……僕だけが抱いていた一方的な気持ちが、傲慢さが絢奈も僕を好いてくれているのだと疑っていなかった。

『ふざけるな……なんでだよ……なんでだよ！』

僕が何をしたんだ、僕が……僕が……！

僕はただ彼女が傍に居てくれるだけで幸せだったんだ……けれど僕の気持ちは絢奈に届くことはなく、彼女は斗和と想い合っている。

その姿を見た僕は内心でふざけるなと口にし続けていた。

こんな今が認められなくて……恨んで、妬んで、どうしようもないほどに二人に対して汚い言葉を吐き続ける自分が……あまりにも惨めだった。

「……静かだな」

学校が終わった一人での帰り道、僕はそう呟いた。

傍から斗和と絢奈が居なくなったことで、僕の世界は静かになった。

絢奈に拒絶されてしまったことと、斗和に現実を思い知らされたことで自棄になった僕は伊織さんや真理とのやり取りさえ拒み……こうして一人で時間を過ごしている。

けれど、静かに一人で居られる時間に僕は感謝していた。

こうして一人で過ごしていれば嫌なことを忘れられる……何も考えなくて済む……そして何より、自分のことを見つめ直す機会になったから。

「斗和と一緒に居る絢奈はとても……とても幸せそうだ」

今までのことを思い返しても、確かに絢奈は僕の傍でも笑ってくれていたけれど……今の絢奈を見ていたら、斗和の傍で浮かべる笑顔こそが本物なんだって思い知らされた。

結局、僕は一人で勝手に盛り上がっていただけだ。

絢奈は僕を好きなんだって、そんなあり得もしないことを都合よく解釈して……はぁ、僕ってほんと分かりやすく子供だったんだな。

「斗和も居なくて絢奈も居ない……静かで良いとは言ったけどやっぱり寂しいかもね」

二人以外に仲良くしている友人も居るけれど、今日は一人で帰りたいと言ったので誰も居ない……ははっ、自分でそう言ったのに寂しいって思っちゃ世話ないよ。

「……あ」

そうして家が見えてきた時、僕はとある人と視線が合った。

「あら、修君？」

そこに居たのは絢奈のお母さんである星奈さんだった。

まあ家が向かいなのもあって顔を合わせるのも珍しくはないけど、最近は全然会わなかったし会話もしていなかった。

絢奈と会ってないから必然的に星奈さんとの接触もないし、そもそも母さんも絢奈の件があって星奈さんとは顔を合わせてないくらいだから。

「…………」

星奈さんと目が合って名前を呼ばれたものの、絢奈と疎遠になったことでこの人とも話すことがない……どんな顔をして何を話せば良いんだ？

顔を伏せて前を通り過ぎようとした僕を、また星奈さんは呼び止めるだけでなくこんな提案をしてきた。

「修君、良かったらお茶でもしていかない？」

「え？」

突然の提案……一瞬断って逃げようとしたけれど、僕は頷いた。

なんでかは分からない……分からないけれど、僕はこれが必要なことなんじゃないかと思ったんだ。

「それじゃあどうぞ、入ってちょうだい」

「お邪魔……します」

星奈さんに連れられて馴染み深いリビングへと通してもらい、紅茶を出してもらって絢奈の居ない小さなお茶会が幕を開けた。

お茶会と言っても何かしたい話があるでもなく、僕は落ち着かない様子で視線をキョロキョロさせるしかない……でもそこで、僕はある一枚の写真を見つけた。

「絢奈に……斗和」

今と全然変わらない斗和と絢奈、そして星奈さんと斗和のお母さんの四人が幸せそうに笑っている写真で、眺めているこっちまで自然と笑顔にさせるような温かさがある。

（……斗和）

写真の斗和に何も思わないわけじゃない……彼に対して嫉妬がないわけじゃないのに、やっぱりこの温かさを感じさせる写真を見ていると自然と微笑ましくなって頬が緩む。

「幸せそうに笑っているでしょう？　私もまさか斗和君と……そしてあの子のお母さんである明美と写真を撮る日が来るなんて思わなかったわ。あんな最低なことをしてしまったのに」

最低なこと……？　星奈さんが言う最低なことってなんだろう。

僕の表情に疑問が浮かんだことを感じ取った星奈さんは教えてくれた——それは母さんや琴音と同じ……斗和に対して酷いことを口にした過去の罪を。

……罪と言えば僕も同じ、僕も彼を嘲笑ってしまったから。

そんな風に星奈さんの話を聞くに至ったけれど、教えてもらったことは僕の想像を絶するものだった。

「絢奈に同じ血が流れているのも嫌だと、そう言われたわ」

「…………」

あまりにも残酷な話に僕は言葉を失う。

僕からすれば絶対に家族に対して言えない言葉……どんなに喧嘩しても、どんなに酷い言い合いになっても冗談でさえ言えない。

けれどそれを絢奈が言ったって……？

そもそも、僕に対して今までずっと優しく接してくれた星奈さんが斗和にそんな酷いことを……？

ちょっと待って、情報量があまりにも多すぎる。

(でも……そうだったんだ)

斗和は……当時の斗和はどんな気持ちだったんだろう。

絢奈の怒った様子を見れば斗和がどれだけ傷付いたのかは容易に想像出来るから……きっととても辛かったはずだ。

サッカーの大会に出られないと言われ、呆然とする彼……そんな彼を見て僕は嗤った——絢奈に指摘されたことは全部本当だ。

(僕は……斗和が羨ましかったんだ)

斗和は僕と違って何でも出来た……スポーツも勉強も出来て、イケメンだから絢奈と並んでいたらとても似合ってて……それが羨ましくて、同時に妬ましくて、だから僕は嗤ってしまった……喜んでしまったんだ。

「修君？　大丈夫？」

「……すみません」

黙り込んだことで星奈さんに心配させてしまったらしく僕は謝った。

(僕は……本当に最低な人間だ)

たとえ本人に気付かれていなくても人の不幸を嗤うなんて最低だ。

改めて自分の醜く薄汚い部分に吐き気がしてくる……結局僕は心の奥底では、自分で気付かない部分で斗和のことを親友だと思っておらず、絢奈に近づく邪魔者としか認識していなかったのかもしれない。

「……ははっ」

あぁ……本当に僕は愚か者以外の何者でもない。

屋上で斗和に問い詰めた僕は本当に救いようがない……どこまでも自分勝手で、どこまでも絢奈の気持ちを考えていなかった……全部斗和の言う通りだったんだ。

その後、僕は星奈さんに挨拶をしてお暇させてもらった。

どうして星奈さんが僕に声を掛けたのか……仲直りしてほしいとかそういう都合の良いことではなく、ずっと近所付き合いのあった僕が暗い顔をしていたから……星奈さんは凄く優しい人だから気に掛けてくれたんだ。きっと。

「はぁ……」

家に帰り、自室まで真っ直ぐ向かってベッドの上で蹲った。

そうして薄暗い部屋の中で僕が思い出すのは斗和と絢奈、幼い頃から三人で過ごした記憶だ。

「斗和……君はいつだってかっこよかった」

斗和は……彼はいつだって凄かった。

僕にないモノを何でも持ってて、僕に出来ないことが何でも簡単に熟せてしまう……それでも傲慢になることはなく、サッカーのこともそれ以外のことも全部頑張り続けていた……それを僕は絢奈と一緒にずっと見てきたじゃないか。

「悔しいけど……そうだよね。絢奈が好きになるのも分かるよ……だって斗和はあんなにも絢奈のことを考えて……愛してるんだから」

悔しい……悔しいさ。

僕は確かに愚か者だった……でも、絢奈を好きだった気持ちは嘘じゃなくて本物だ……たとえ誰に何を言われても、この気持ちを嘘だなんて言わせない……僕は確かに絢奈が好きだったんだよ。

「二人で幸せになる……か」

斗和の言葉を口ずさむ。

二人で幸せになると宣言した斗和、一方的に好意を求めて幸せは勝手に訪れると思っていた僕……本当にどうしようもないな僕は。

「…………」

天井に手を伸ばし、失ってしまった繋がりを手繰り寄せるように握り拳を作る。

どんなに後悔しても、過去を振り返っても、もう斗和と絢奈の二人との繋がりは断ち切れてしまった……今更どんな言葉を言っても届かないんだと勝手に諦めるのも、どうしようもない僕にはお似合いの結末なのかもしれない。

『今回、私が修君と話をしたのは前を向いてほしかったから。斗和君と絢奈が私にそうしてくれたように……今の修君は絢奈に拒絶されてしまった私と同じだったから』

別れ際、星奈さんが言っていた言葉が蘇る。

前を向く……それは下を向き続けるのではなく、顔を上げて未来を見据えて歩き出せという意味に僕は捉えた。

「……そうだね。ずっと落ち込んでいても何も変わりはしない……時間が解決してくれることを祈ってたらどれだけ掛かるか分からない……その道を選んだら僕は後悔しそうな気がする……ううん、絶対にする」

後悔する未来か、それとも上手く行かなくてもやり切る未来か、こんなの考えるまでもないじゃないか。

パシンと、僕は思いっきり両手で頬を叩いた。

痛い……物凄く痛くて加減を考えるべきだった……ぐううっ。

「……あ〜あ、頬が真っ赤になってるよ」

鏡に映る僕の顔は酷い有様だ。

いくら気合を入れるためとはいえ、これだから僕って考えなしなんだろうなと苦笑する。

でも随分と晴れやかな気分だった。

斗和や絢奈と離れて過ごした時間と、僅かではあったけど星奈さんとのやり取りも僕に色々と考えさせてくれた。

「僕は……仲直りがしたい。今更どの面下げてって思われるかもしれないけれど……それかせめて仲直り出来なくても、斗和たちにこれ以上の拒絶をされたとしても……謝りたい」

そう……謝りたい。

斗和が怪我をした時に嗤ってしまったこと、絢奈に一方的な気持ちを押し付けてしまっていたこと、どんな形でもいいから謝らないと……それが今、僕がしなければならないことだ……そして何より、僕の不注意が全ての原因だったことも、あの小さい頃に謝ったとはいえ……もう一度謝らなければいけない。

そう心に決めたら、まるで生まれ変わったかのように心が軽くなった。

でも僕は弱虫で臆病者だからすぐに曇ってしまうかもしれないけれど、それでもこんな風に心が軽い感覚は久しぶりだった。

「もう夕方だけど母さんも琴音も居ないし……また外に出ることになるけど気分転換してこようか」

そうと決まれば行動は早かった。

すぐに私服に着替えて外へ……けど、こうして行きたい場所がなくて外に出るのは初めてだったりする。

仮に遅くなって家に帰った母さんから連絡があったら、その時は急いで帰ることにしよう。

(……あれは)

街に出てすぐ、見覚えのある人が困っている姿を目撃した。

その人は僕のことをよく気に掛けてくれる人で……斗和とのことがあってからも、声を掛けてくれる人——一つ上の先輩であり、生徒会長の立場にある本条伊織さんだ。

「ナンパ……かな？」

スーツ姿の男性に言い寄られている姿を見て、僕は伊織さんがナンパされているんじゃないかと思ったけど、よくよく見たらナンパとも違うみたいだ。

ただそれでも伊織さんが困っている様子なのは分かったので、僕は彼女を助けたくなって足を動かす。

（……助けたい……か。たとえ相手が仲の良い人でも、僕は今まで逃げていたのに……なんで今になってこうなんだろう？）

以前、絢奈がナンパされた時に僕は何も出来なかった……見て見ぬフリをしようとして斗和に苦言を呈されたことがあるほどだし。

怖がりでどうしようもない僕がこうして動いていることを不思議に思ったけど、今はただ困っている伊織さんを助けたい……その一心だ。

「伊織さん！」

「え？　修君……？」

「な、なんだ……？」

まさか僕が現れるとは思っていなかったのか、目を丸くする伊織さんを背に庇うように立つ。

男性も伊織さんのように目を丸くしていたけれど……やっぱりこうして見てみるとナンパというわけではなさそうだった。

「もしかして……ナンパのように思われてしまったかな？」

「彼の様子を見るにそうみたいですね」

「えっと……」

あれ……僕ってばもしかして早とちりだったのかな？

そんな不安を抱いたけれど、少なくとも伊織さんが迷惑に思ったとかそういうことはないらしく、彼女はそっと僕の手を取った。

「ナンパではなかったけれど、些かしつこいとは思っていましたから。こうして彼が割り込んでくれたのは助かりました――このことはお断りするということでお願いします」

「……そうだね。こちらこそしつこくて申し訳なかった」

伊織さんと男性のやり取りを眺めた後、こっちよと伊織さんに手を引かれて少し離れた場所にあるベンチに腰を下ろす。

「やれやれね……まさか私があんな誘いを受けるだなんて」

「あれは何だったんですか？」

「芸能プロダクションの人みたいでね。スカウトってやつね」

「げ、芸能プロダクション！」

それって物凄いことなんじゃ……っ！

たぶん今の僕はとてつもないほどに驚いた顔をしているはず……でもどんな風に伊織さ

んがスカウトの目に留まったのかは分からないけど、理解出来ないわけがなかった。

（伊織さん……凄まじいほどの美人だもんな）

そう、伊織さんは本当に美人だから。

顔立ちも綺麗だしスタイルも抜群だし、見た目に関しては誰だって文句の付けようがないほど……かといって性格が悪かったりするわけでもなく、伊織さんは外見も内面も優れている人だからだ。

「ふふっ、ジッと見つめてきてどうしたのかしら？」

「……いえ、伊織さんならスカウトされても変じゃないなって」

「それは随分と嬉しいことを言ってくれるじゃない……ふ〜ん？」

「な、なんです……？」

伊織さんは何かを考えるように、ジッと僕の顔を覗き込む。

相変わらず小心者の僕としてはこんな風に近づかれるとドキッとしてしまい、すぐに動揺が顔に出てしまう。

近い……近いからこそ伊織さんが放つ良い香りもあって、僕はつい伊織さんから視線を逸らした。

「ジッと見つめてしまってごめんなさいね。ただ……最近あまり修君と話していなかったのもあってか、随分と雰囲気が変わったような気がしたのよ」

「雰囲気……ですか？」

僕の雰囲気が変わった……？

そんなことを言われても僕自身よく分からない……でも、ちょっとだけもしかしてと思ったことがある——斗和と絢奈に謝りたい、僕も前に進みたいとそう考えて心が軽くなったこと、それが関係してるの……かな？

「何かあったの……って愚問かしらね。何かあったから修君の様子が変わったんだろうし」

「心当たりはあるんですけど、それが合っているのかは……」

「気になるわね……是非教えてほしいのだけど？」

グイグイッとさっき以上に伊織さんは顔を寄せてきた。

伊織さん……もしも僕が少しでも顔を近づけたら大変な事故に……ってそういうことを想像するなよ僕！

けど今の僕にとって伊織さんの言葉はありがたかった。

「……あの、伊織さん」

「なに？」

「少し……話を聞いてもらって良いですか？」

少しでも良いから話を聞いてほしい……これからのことを自分なりに考えたとはいえ、それでも誰かに聞いてほしかったんだ。

「教えてとは言ったけれど無理に聞くつもりはもちろんなかったわ。修君がそう言うなら教えてほしい……良いのね？」

「はい」

そうして僕は話をした。

過去から続く僕の行いが幼馴染としての関係を壊してしまったこと、どう足掻いても埋めようのない溝を作ってしまったこと……でもこのままではダメだと考え、たとえ許してもらえないとしても謝ること……そして僕なりに顔を上げて前に進みたいんだと。

「まだ何も行動していません……けど、そうしたいと思ってからどうも心が軽いんです。まだ斗和にも絢奈にも話をしていないのに、こうしないといけないんだって決意をしたのがついさっき……だからもしかしたら、伊織さんが感じた変化はここにあるんじゃないかなって」

「…………」

「そう……まだ行動していないのに少し楽になったって思うのは楽観的すぎるとは思っています。けど僕にとってこの変化は大きいと思って……伊織さん？」

「…………」

僕が喋っているから伊織さんはずっと黙って聞いてくれているんだと思っていたけど、どうも違うみたいだった。

現に伊織さんを見てみると彼女はさっき僕が割り込んだ時以上に目を丸くしている……まるで僕が本当に佐々木修なのかって疑っているような感じだ。

「伊織さん……？」

「……あ、ごめんなさい」

呼び掛けると伊織さんは我に返ったように瞬きを繰り返し、相変わらず僕をその綺麗な瞳で見つめたままこう言った。

「今までに見たことがないくらい、修君が真剣だったから驚いたの。馬鹿にしているわけではないわ——少し見ない間に成長したのねって、ちょっとお姉さんみたいな気持ちになってしまったわ」

「お姉さんって……まあ、伊織さんは年上ですけど」

「それくらい驚いたのよ。ほら、今まで修君がそんな風に意思表示をすることはなかったでしょ？　あの日、屋上で雪代君に言い放った傲慢な物言いが嘘じゃないかって思ったくらい」

「……えっ？」

ちょ、ちょっと待って……屋上で斗和に……？

あまりにも心当たりがありすぎるし、あのやり取りはずっと僕の脳裏に残り続けていることだ。

まさか……伊織さんはあのやり取りを知っているの？

僕はここに来て知らなかった事実を教えられてしまい、恥ずかしさもあったが同時にとてつもない情けなさに襲われた。

「っ……」

「実はあの時、本当に偶然聞いてしまったのよ。修君と雪代君が二人で屋上に向かうのが見えて……何を話すんだろうって」

「……そうだったんですか」

マズイ……死ぬほど恥ずかしい。

いや、そもそもあのやり取りを聞かれて恥ずかしいと思うこと自体間違っているし、人としても男としても僕が情けないだけの話なんだ。

（……でも本当に不思議だ。あの時はあんなに認められなかったのに、今はとても穏やかにあのことを思い返せるから）

そう考えていた時、伊織さんがそっと僕の手を握った。

両手を重ねるようにして包み込むその温もりは、伊織さんが持つ包容力を感じさせてくれる。

安心する……とても落ち着く。

「私はあの時の修君を見て、情けないと……恰好が悪いと思ったわ」

伊織さんの言葉に、僕はそうだろうなって苦笑する。

それは僕自身が思い返して感じたことだ……その言葉は全部甘んじて受ける……でも伊織さんの言葉には優しさと思い遣りが込められていて、それだけ伊織さんが僕を気に掛けてくれていたんだと理解した。

「でも見捨てようとか、気にしないでいようとも思えなかったの。だって修君と過ごした時間は嘘じゃないでしょ？　修君は私と過ごした時間は嫌だったかしら？」

「そんなことあるわけないです！」

当然のように、僕はすぐに否定する。

伊織さんに無理難題を言われたり、僕の意思を聞かずに無理やり生徒会室へ連行したり……あ、あれ？　そう考えるとちょっと首を傾げてしまうけど、僕は決して嫌じゃなかった……伊織さんと過ごす時間が来ないでほしいなんて思ったことはなかったのだから。

「そう否定してくれるなら嬉しいわね。でも色々なことを考えた時、修君には一人で考える時間が必要だと思ったの……このままではダメだって自分で気付くことが大事なんだって」

「……随分、掛かっちゃいましたね」

「本当よ。私もそうだけど、内田(うちだ)さんだって気にしているんだからね？」

「真理も……」

そうか……真理もそうなんだよね。

伊織さんと同じく、絢奈のおかげで仲良くなれた後輩……思えば、真理も僕に何度も声を掛けてくれてたのに、僕はあの心優しい子を無視し続けてしまった。

「……真理にも謝ります。必ず、必ず謝ります」

「そうね。きっとそれが良いわ」

しばらく、謝ることが多くなりそうだけど逃げるわけにはいかない。

僕が原因で傷付けてしまった人に、誠心誠意向き合うことが大切なのだから。

「ふふっ、本当に表情も凛々(りり)しくなったわね」

「え？　そうですか？」

「私はそう思うわよ。何よ、そういう素敵な顔も出来るんじゃないの」

「いたっ」

パシンとデコピンをされて額を押さえる。

いや……ちょっと痛かったな普通に……でも伊織さんからの今の一発は僕に最後の一押しというか、大きな気合を入れてくれたみたいだ。

「伊織さん」

「なに？」

「ありがとうございます。話を聞いてくれて……そしてごめんなさい。伊織さんにも随分と心配を掛けてしまいました」

「……ほんと、変わったわね修君」

こうして話を聞いてもらったことのお礼と、もちろん伊織さんにも心配を掛けてしまったからこその言葉だ。

本当に、本当に今日伊織さんと会えて良かった……そう思っていた僕は予想外の事態に見舞われることに。

「……え？」

「よしよし、立派になったわね」

「ちょ、ちょっと……？」

頭の後ろに手を当てられたかと思いきや、そのまま伊織さんに抱き寄せられてしまったのである。

顔に当たるふんわりとした柔らかさにドキドキが最高潮に達し、一瞬にして逆上せたかのように頭がフワフワする……その後、離してくれた伊織さんはクスクスと笑っていたのでどうやら確信犯らしい。

「私は無責任に大丈夫だなんて言わないけれど、それでもこうして前を向いた修君を立派に思うわ。だから頑張ってね」

「あ……はい！」

「それで……修君？」

「なんですか？」

「また……生徒会のお仕事とか手伝ってくれる？」

僕はこちらこそお願いしますと伝えるのだった。

こうして、僕に大きな変化を与えてくれた一日は過ぎていった――ねえ斗和、そして絢奈も。

どうか少しでも良い……君たちと話がしたい。

そしてどうか謝りたいんだ。

文堂先輩の取材から数日が経ち、少しだけまた暑くなった。

朝という早い時間帯でも気温の上昇はそこはかとなく感じられ、今はまだマシでもその内に寝苦しい夜がやってくるのかと思うと憂鬱だ。

「……あんまり冷房とかつけたくないんだよな」

最近はそうも言ってられない事情なのは分かってるけど、何度か冷房の切り忘れもあったし温度を低くしすぎて寝冷えしたこともあるし……まあ俺がもう少し気を付ければ良いだけなんだがな。

「さ～てと、行くか」

既に母さんは仕事に行っているので、しっかりと戸締まりをしてから家を出た。

いつもなら絢奈と一緒に通学するところだけど、昨晩に今日は藤堂さんと学校に行くと連絡を受けている。

「偶にはこうやって一人での通学も悪くないねぇ」

絢奈が傍に居ることが多いせいでこの静けさも結構新鮮だ。

「一人での通学って前世でも……ってまたかよ」

またかよ、そう言葉にして改めて思う。

こうして一人で通学路を歩いていた前世……別に今になって思い出すようなことでも、ましてや意図して思い返すことでもないのに、また前世のことだからと気にしている。

俺はふと、背後を振り返った……まるで何かに体を引っ張られているように感じたからだ。

「……何だってんだよ」

今の俺、たぶん凄く機嫌の悪そうな顔をしているに違いない。

不快感とまではいかなくても、このどこか浮かない気分は早くどうにかしたいところ……こんな気分で一日を過ごすとか嫌だぞ俺は。

「こういう時……絢奈が傍に居たらな」

……俺ってこんな風に弱音ばかり吐く奴だったっけ。

いやいや！　こんな顔をしていたらせっかくの一日が辛気臭くなっちまうし、何より絢奈に心配を掛けてしまうだろ……気合を入れろ斗和。

「ふぅ……っ!!」

パシンと、かなり大きな音を立てるように両頬を叩く。

痛い……めっちゃ痛い……ガチで痛い……ヒリヒリするくらい痛い。

「やりすぎた……かな？」

少しばかり気合を入れるにしては強くやりすぎた……腫れてなかったら良いけど流石にそこまでじゃないか？

「大丈夫かい？」

「何かイライラすることでもあったかの？」

「あ……いえいえ、ごめんなさい」

誰も居ないと思っていたが、いつの間にか散歩中のお爺さんとお婆さんが近くに居たようだ。

いきなり変なことをした俺を気持ち悪がることもなく、気に入らないことがあったのかと心配してくれるその優しさにはつい感動しそうになるほどで、俺は大丈夫だからと笑みを浮かべてその場を去った。

「……ははっ、これが絢奈の言っていた不安なのかな」

こんな気持ちを抱いて不安だと口にしたのなら、傍に居た俺にあそこまで抱き着きたくなる気持ちも理解出来る……これでもかってほどに。

「何が不安なのか分からねえけどなぁ……前世の足音？　なんつって」

今の俺に前世なんて関係ないようなものだ。

この世界にお前の居場所なんてないとか、絢奈を本来の斗和から奪ったくせにとか……そういうことを言ってくる奴も居ないしな。

『気にしすぎだよ、君はもう斗和なんだ——今の絢奈を救ってくれた雪代斗和なんだから。そして君に救われ、今の君を好きになった絢奈も君だけの絢奈なんだから』

長いよ、そう思えそうな言葉が聞こえてきそうで苦笑する。

一度だけ夢で邂逅した本来の斗和……彼がそう言ってくれるのであれば俺が不安に思う必要なんてない。

ただそれでも今すぐ、絢奈の顔を見たくなった俺の足取りは軽い。

これは運動……そう運動なんだと自分に言い聞かせるように、学校までの道を急ぐ。

「……お？」

歩き続けて校門を潜ると、生徒会の面々が挨拶運動をしていた。

そこには生徒会長の伊織が居るのはもちろんだが、その彼女の隣に並ぶ修に目が行った。

「おはようございます」

「おはようございます！」

修の元気な声がここまで届くだけでなく、伊織の隣に並ぶ修は……何というか一皮剝けたような、それこそ晴々とした表情を浮かべている。

そんな彼に実は俺の前を歩いていた真理が駆け寄り、伊織を交えて会話を始めた。

「……あいつ」

修が真理に頭を下げて、そんな修に真理が慌てながらいやいやと手を振っている……あの様子から考えられることは多くあるけど、久しぶりに修の周りに彼女たちが集まっているのを見た。

（……伊織はやっぱりそうなんだな）

修と真理のやり取りを見つめる伊織はとても優しい目をしていた。

どうしてそれが分かったのかは簡単なことで、絢奈が俺を見る目にとても似ていたからに他ならない。

「気になるけど良かったな修」

ずっと暗い表情を浮かべていた修に笑顔が戻ったことを嬉しく思いながら、そのまま教室へと向かうのだった。

教室に入ると藤堂さんと話していた絢奈がすぐに近づいてくる。

「斗和君、おはようございま――」

「絢奈」

近づいてきた彼女を俺はすぐに抱きしめた。

柔らかな感触と温かさ……それを絢奈から感じたことで、さっき抱いた不安を強制的に体から取り除いていく。

ただ……ここはクラスメイトがたくさん居る教室の中だということを思い出し、いきなりごめんと言って離れると席へと向かう。

「斗和君、どうしたんですか？」

「……あ〜」

主に女子から聞こえた黄色い声はともかく、流石にあんなことをしたら何かあったと白状してしまったようなものだ。

「ま、何てことはないよ。実は今日、絢奈が傍に居ないことが不安になっただけ……それで思わず抱きしめちゃったんだ」

「あら……ふふっ♪　まるでいつかの私ではないですか」

「同じくらいの不安かは分からないけど、確かにこんな気持ちになったらああもしたくなるよなって思った」

「良い傾向ですね♪　私だけでなく、斗和君ももっとズブズブに私へ依存していただかないと♪」

依存のしすぎも良くないけど、こんな風に大きな愛で包み込もうとしてくる彼女……もう最高って言葉しか出てこないぜ。

「ところで斗和君、修君を見ましたか？」

「見たよ。あいつ、いつの間にか笑顔が戻ってたんだなって……ちょうど真理も居てさ。久しぶりに三人で笑ってたよ」

「そうだったんですね。伊織先輩がちょこんと頭を下げてきて、修君とも目が合ったんですけど彼は緊張した様子でした……けど、明らかに前と違いましたよ」

やはり絢奈も修の変化には気付いていたようだ。

確かに過去のことはあっても、俺も絢奈も少なからず修のことは気にしていたので……このまま仮に話をしなかったとしても、修がしっかりと前を向けたのであれば幼馴染(おさななじみ)としてそれは喜ばしい。

何度も言っているが俺も絢奈も既に過去は乗り越えた……だから憎しみも恨みもなく、あるのは俺たちと同じように前を向いて、未来を見据えてほしいという気持ちだったから。

「あ、斗和君」

「うん？」

「不安な気持ちになったとのことですが……まだ不安ですか？　空き教室にでも行って慰

めますよ？」

「あはは、もう大丈夫だよ。ありがとう絢奈」

「……まあ私がちょっと期待していた部分もありますけど」

ペロッと舌を出し、絢奈はそう白状する。

俺の方も絢奈と二人っきりで過ごしたい気持ちはもちろんあるけど、本当にもう大丈夫だ。

「そういや、今日は放課後も藤堂さんたちと遊ぶんだったか」

「一応、その約束をしていますが……斗和君が寂しいと言うなら！　不安だと言うなら断りますが！」

そこまで俺は弱くはないつもりだけど⁉

鼻息荒く言い募ってくる絢奈の肩に手を置き、そこまでしなくて大丈夫だと説得すると、絢奈は渋々分かりましたと引き下がった。

でもそうか……そうなると放課後暇になっちまうのか。

「うぅ……斗和君が寂しそうにしています！　これはやっぱり――」

「だから大丈夫だってば！」

藤堂さんにお断りをしに行こうとする絢奈を、大丈夫だからと羽交い絞めにする俺。

「くぅ……！　断ります……断るんです！　私は斗和君のために！」

「早まるなぁ！　俺はそんなに弱くねえ……弱くねえんだ！」

「アンタたち、何してんのよ」

ほら、ついに見かねた藤堂さんに呆れられちゃったよ。

結論としては自分との時間もそうだが友人との時間も大切にしてほしいという俺の願いを絢奈は聞き入れ、心底名残惜しそうにしながら分かりましたと頷いた。

「アンタたち……仮にどっちかが欠けちゃったらどうなるんだか」

「刹那、質の悪い冗談は止めてください」

「ごめんなさあああぃ!!」

それが藤堂さんの冗談であることは明らかなのに、絢奈の声はあまりにもドスが利いていた。

しかも絢奈が顔を向けたことで藤堂さんだけではなく、絢奈の正面に居た全てのクラスメイトがひっと声を上げたので……ねえ絢奈さん？　一体どんな顔をしたんだい？

「あ、絢奈……？」

「はい、何でしょうか♪」

振り向いた絢奈は可愛い笑顔だ……うんめっちゃ可愛い。

絢奈の背後に居る藤堂さんたちは、まるで俺のことを魔王の進撃を阻止した勇者かのようにパチパチと拍手をしたり、中には拝みだす人まで居て本当に絢奈がどんな顔をしたのか気になるぞ！

「うふふ♪」

「ひっ⁉」

「くわばらくわばら！」

「命だけはお助けを！」

絢奈の笑顔に怯(おび)えるクラスメイトたち……結局、絢奈がどんな顔をしたのか最後まで俺が知ることはなかったのだった。

「それじゃあ斗和君、夜には絶対連絡しますから」

「あいよ。楽しんでおいで」

「はい！」

早くも放課後になり、絢奈は藤堂さんたちと教室を出ていき、俺も特に用はないので程なくして教室を出た。

そして下駄箱に着いたところで、まさかの人物から声を掛けられた。

「斗和！」

「……修？」

そう――それは修だった。

実を言うと今日一日、何度か修と目が合うことがあってどうしたんだろうと気にはなっていた。

「どうし――」

「おぉ雪代君！　また会ったなぁ！」

どうしたんだ、そう言いかけた瞬間に文堂先輩が間に入り込んだ。

突然の闖入者に俺もそうだが修も目を丸くする。文堂先輩は俺たち二人を見てハッとするようにこう言った。

「おっとすまない邪魔をしてしまったか？　大した用はないんだが、雪代君と見たら思わず声を掛けたくなってね」

「はぁ」

「君と音無さんの協力のおかげで、素晴らしい記事が完成しそうだ。その上で厳正な審査でランキングを決めるんだが是非とも期待しておいてくれ！」

「分かりました」

「それではな！　アディオス！」

……嵐みたいな人だなほんとに。

部室に向かうであろう文堂先輩を見送り、改めて俺と修は向かい合う。

「えっと……なんかすまん」

「ううん……こっちこそいきなりごめん」

「それで……？」

「あの……今から——」

「あら、修君に雪代君？」

「またかよ！」

「また!?」

「え!?　何!?　何なの!?」

次に声を掛けてきたのは伊織である。

俺と修が同時にツッコミをしたのもあって、伊織は見たことがないほどにオドオドとしながら俺と修に視線を行ったり来たりさせている。

伊織はしばらくそうしていたのだが、俺と修がこの場に居て向かい合っているということはつまり、邪魔するべきではないと判断したらしい。

「なるほどね、ならお邪魔虫は去るとしましょうか。修君、頑張れ」

「あ……はい」

（……ほんと、何があったんだろうな）

気になる……気になるんだけども。

伊織は修に手を振った後、俺の方にも手を振りながらウインクも交えて去っていく……その背中は正に出来る女ってやつを思わせた。

「……次は」

「もうないよね……」

「…………」

「…………」

「じゃ、行くか」

「ありがとう」

急ではあったが、これでやっと俺たちの間に邪魔は入らない。

こう考えると何やら告白染みた緊張感があるものの……今の修と一緒に居るのは悪くな

い気分だ。

それこそ純粋な気持ちで遊んでいた昔を思い出すような……ね。

学校を出た俺たちが向かったのは公園……ここは絢奈と色々あった公園ではなく、また別の場所だ。

「ほら」

「あ、ありがと……」

何もないのは味気ないと思い、自販機で買ったジュースを修に渡す。

お互いに落ち着いているように見えても、少しばかり緊張しているのは確かなので、まずは落ち着くところから始めよう。

缶ジュースの中身を互いに半分ほど一気飲みした後、誰も使っていないブランコに腰を下ろす。

「お前……随分と表情が良くなったな？」

「そうかな？　うん……そう言ってくれると嬉しいよ。色々と考える時間があって、伊織さんに話を聞いてもらったりしたから」

「そうか」

「うん……」

そして、修は俺を見てこう言った。

「斗和、僕は君と話がしたい……今までのこと、これからのこと……僕の考えたことを」

「分かった。じゃあ話をしよう」

こうして、俺と修の久しぶりの会話が幕を開けた。

# 4章



俺と向かい合う修は、本当に落ち着いた顔付きをしている。

最初に言っていたが本当にこの二カ月の間、色々と考えて修なりに思うことがあったんだろう。

俺としても良い方向へ向かってくれるなら是非もない……さあ、修の話したいことを是非聞かせてくれ。

「色々と考えた……君たちと話さなくなって、一人の時間が増えたことでね。結局僕は自分のことしか考えていなくて、君や絢奈のことを本当の意味で何一つ考えていなかったんだって気付かされた——君に屋上で指摘された通りだよ」

修はそこまで言って俺から視線を外し、空を見上げた。

彼の横顔からも憑き物が落ちたような雰囲気が見て取れるので、あの屋上の時みたいに言い合いになることはないだろう。

「あの時は君の言葉の意味を理解しようとしなかったし、どれだけ考えても僕は分からなかった……けど、今となっては分かるんだ。本当に遅すぎて、もっと早く気付けよって思うくらいに」

「まあ、遅くはあったよな」

「だよね……ほんと、参ったもんだよ」

そこで言葉を切り、修は腰を上げて俺の正面に立った。

「まずは斗和、僕は君に謝りたい——あの病室での謝罪は謝った内には入らないと思うから」

「いや、あれはお前のせいじゃなくて」

「ううん、僕の不注意が招いた事故だった。だから斗和……本当にごめんなさい」

真剣な面持ちで、修は深く俺に頭を下げる。

こうして謝罪を受けたことで俺の中にあの時の記憶が蘇る……乗り越えた過去だからこそもはやトラウマではないし、改めて糾弾することでもないんだ。

あの事故は……確かにボーッとしていた修を助ける形で起こった。

修はワザとじゃなかったし、そんな修を助けたいという気持ちで自ら彼を庇うようにして飛び込んだのだから。

しかしながら、修にはまだ言わないといけない言葉があったらしい。

「斗和、君は僕にとって憧れだった。勉強も出来て、スポーツも出来て、とにかく優しくてかっこよくて……けどそのどれをも鼻に掛けたり威張ったりもしなかった……僕はそんな凄い君に憧れながらも、同時に激しく嫉妬していた」

「…………」

修の声は震えているが、決して涙は流していない。

零れそうになる涙を必死に堪えるようにしながら、修は更に言葉を続けていく。

「絢奈に言われたこと……どうして怪我をした君を見て嗤ったのか、それを僕は覚えていた。僕は君への嫉妬心から嗤ってしまったんだ……大会に出られないって絶望した君を……僕は……僕は……っ」

そこでもう、修は涙を堪えきれなかった。

ボロボロと大粒の涙を流す修は、流れ出る涙を必死に止めようと手を目元に持っていく
……あ～あ、本当にこいつはさ。

「……ほんと、高校生にもなって泣き虫だなお前は」

そんな修を見ていられなくて、俺も立ち上がり修を抱きしめた。

相手が絢奈じゃないのが残念……なんて思ったことにクスッと苦笑し、とにかく落ち着

かせるように背中を撫でる。

「お前の謝罪は受け入れるよ……だからもうこのことで泣くんじゃない」

「斗和……僕は……っ」

「頼むから服に鼻水とか付けんなよ？」

そうは言ったけど、流石にもう遅かった。

俺のシャツはもう修の涙と鼻水で汚れちまった……あ～あ、これは母さんに何事かって聞かれてしまいそうだ。

「……決意を秘めた顔をしていても、段々と声が震え始めたから泣くだろうなとは思ってたよ。本当に色々と考えたんだな」

認めたくない現実を認めたことで、修も苦しんだんだろう。

独りよがりだった自分を見つめ直すことによって、今まで見えてこなかった周りの状況が冷静に分析出来るようになる……そうして考えた結果が今の修であり、そしてこの謝罪に繋がったんだろうな。

「許してもらいたい……ううん、許してもらえなくても良い。それでも僕は君に……君たちに謝りたかった。その必要はないって言われても、あの時の後悔は残り続けてるから……だから僕は君に謝りたかった」

「っ……そして……こうも言いたかった。僕は……みんなで過ごしたあの時間が好きだから……だからまた斗和や絢奈と話がしたいって……そして君たち二人が幸せで居てくれたら良いんだって」

「……おう、分かったよ」

どんな形であっても、ずっと一緒に居た誰かが離れていくのは辛くて悲しいものだ……もう気にしないと、考えても仕方ないって思ってもずっと心に残り続けてしまう。

「ありがとな。こうして話してくれて嬉しかったよ」

「うん……うん……っ！」

あ～あ、もっと泣き出しちゃったよ。

けど昔からそうだった……修は泣き虫で、俺と絢奈は何度も困った顔をしながらこうして慰めていたっけか。

「改めて修の謝罪を受け取った。つっても、以前に話したように俺も絢奈も前を向いて歩き始めている。だからもう気にしちゃいないし、気に病んでもいないんだ。だからもう気にすんな——修も、お前も胸を張って前を向けよ」

「……斗和……ありがとう」

まあでも、と俺は言葉を続ける。

「実は気にしていなかったわけじゃないんだよ。俺たちはあんな風にすれ違ったけど、三人で馬鹿みたいに騒いだのは嘘じゃない……なあ修、覚えてるか？　三人でサッカーをやった時に、絢奈が思いっきり蹴ろうとして空振ったこと」

「……もちろんだよ。転げた絢奈を見て僕たち笑ったよね」

「そうそう！　それで絢奈が鬼の顔になって追いかけてきたんだ」

「あの時の絢奈は斗和より足速かったからビビッたよ」

「それな」

修はまだ泣いていたが、完全に笑顔が戻ったことに安心した。

こうして考えると改めて俺たちに話し合いが必要だったのはもちろんだったけど、修に一番必要だったのは自分を見つめ直す時間だったんだ。

「あ、もう一つ返事をしていなかった」

「え？」

一旦修から離れ、彼に向かって拳を突き出した。

「絢奈のこと、任せてくれよ。必ず二人で幸せになるから。彼女の笑顔をいつまでも守ってみせる」

俺のその宣言に、修は頷(うなず)いた。

「うん……斗和と絢奈なら大丈夫だ。応援してるからね」

そして、コツンと互いの拳が当たった。

まるで青春ものだけでなく、ファンタジーものでの和解シーンなんかでありそうな構図だなこれは。

「今日は……良い日だったな。朝の不安なんてなかったんじゃないかってくらいに」

「不安？」

「おっと、何でもないよ。ジュース、もう一本飲まね？」

「良いね。今度は僕が奢(おご)るよ」

「サンキュー」

もう、俺たちの間に壁なんてないのは一目瞭然だ。

けれどあまりにも呆気(あっけ)なかったというか、またこれで俺の道に転がっていた大きな石ころが一つ取り除かれた。

「斗和はこれからどうするの？」

「暇ではあるけど、今日はもう帰ろうかなって」

「そっか、じゃあ僕も帰ろうかな」

「絢奈にも話すのか？」

「……ねえ斗和、僕はやっぱり臆病なんだと思う。今日君と話すことに勇気を使ったから、絢奈にはまた日を改めて話をしてみたい」

「そうか」

ま、それで俺は良いと思う。

確かに今日の修は立派に見えたと同時に、どこか無理をしていたようにも見えたからな……今はゆっくり落ち着く時間を作って、改めて絢奈と話をしたいのであれば俺も協力はするつもりだ。

「その時が来たら色んな意味で緊張するかもね。だって絢奈ってば、斗和と一緒に居るからなのか魅力が凄いし」

「お、良いこと言ってくれるじゃんか。その通り、絢奈の魅力は天井知らずだぜ」

「あはは、斗和もそういうことを言うんだね」

「言うさ。可愛い彼女のことならどれだけでもな」

ただ……こうなってくると俺も聞きたいことがあるぞ。

「そういう修はどうなんだ？　特に伊織……じゃなくて、会長とは」

「い、伊織さんと……っ⁉」

「そうそう、今日の朝とか隣に立ってよぉ」

「っ……」

あまりにも分かりやすく顔を赤くして修は俯いた。

これ以上聞くのは野暮かなと思いつつも、やっぱり幼馴染としてはこういうことって気になるもんだからな！

「伊織さんには……その……話を聞いてもらったりしたからね。今日のことは自分で勇気を出したけど、前を向いて歩き出す力をくれた人かな」

「なるほどね」

「……伊織さんだけじゃない。真理も声を掛けてくれて……今まで無視してたことも謝ったんだ」

「そっか」

伊織のことはともかく、真理のことも決着は付いたみたいだな。

真理がどういう選択をしたのか、どんな話をしたのかはここで俺が聞くようなことじゃない……絢奈がそれとなく聞くかもしれないけど、とにかく良かったよ。

（ただ……そうなるとやっぱり二人の行方は気になるよな）

修と伊織がどうなるのか……こっちも見守ると同時に、何かあった時は力になろう――

他ならぬ幼馴染のために。

「しっかし、こうして二人で歩くのはいつ振りだ？」

「そうだねぇ……結構間が空いたとは言っても、二カ月前はこれが普通だったもんね」

「だなぁ」

それから別れるまで俺たちは歩く……その途中だった。

見通しの悪い場所ではあるのだが、特に確認をした様子もなく原付バイクが角を曲がってきたのである。

「っ⁉」

「斗和！」

驚く俺を咄嗟に修が肩を掴むようにして引っ張った。

そのおかげもあってバイクとぶつかることはなかったけれど、バイクに乗っていた若い男性は非常に申し訳なさそうに頭を下げ、そのまま走っていった。

「あぶな……」

「いや、頭を下げるだけじゃなくて謝罪くらいしなよって思うけど」

確かに、それだけ危なかった。

一応俺も反応は出来ていたので衝突までは行かなかったと思う……でも俺は修に助けら

れた。

「ははっ、今度は助けられたな？」

「今度は……って斗和！　それはシャレにならないよ⁉」

「ごめんごめん。ま、あれから大分時間が経ってるのもあるし、さっきのこともあったおかげだろ、こう言えるのは。またいつか昔話をする時に、こういうこともあったねって笑えたら良いだろ？」

「笑えたらってそういうレベルのことじゃないよねぇ⁉」

笑い事というのは冗談にしても、それくらいになれば良いなっていうただの願望だ。

「あっちゃダメだけど、もしまた目の前で斗和が事故にでも遭ったら今度こそ僕は一生立ち直れないよ」

「悪かった、マジでごめん」

「本当だよ！」

それから何回か、修に謝る羽目になったのは言うまでもない。

その後、互いの家に続く分かれ道で修とは別れたのだが……さっきも思ったように、大きな石ころが一つなくなったような清々しい気分だ。

「……へへっ」

意図せず自分でも驚くほどの無邪気な笑いが零れるぐらい、今の俺は随分と機嫌が良い。

夜にまた絢奈にこのことを話そうと思った直後、少しだけ強く咳が出てしまう。

「こほっ⁉　けほっ⁉」

つい足を止めてしまうほどの大きな咳だ。

それは電柱に背中を預けてしまうくらいには激しいもので、どれだけ咳をしても喉の不快なイガイガとした感覚が消えてなくならない。

「っ……もしかして風邪か？　……けほっ⁉」

いや、たぶん風邪ではないと思うけど……ってガチで咳が止まらない。

我慢しようと思えば我慢出来る……でもやはり喉がイガイガして咳をしないと一瞬たりともスッキリしない。

「斗和坊、大丈夫かい？」

「……え？」

その時、背中を擦られながら声を掛けられた。

優しくこちらを労わるその声、そしてその呼び方には聞き覚えがあり、まさかと思い顔を上げる。

「こほっ……神崎さん？」

「そうあたしだよ。ほら、落ち着いて水を飲んで……あたしの飲みかけだけど遠慮なくね」

「そこは特に気にはしませんが……いただきます」

神崎さんからペットボトルを受け取り、かなりの勢いで喉に流し込む。

イガイガとした感覚はやはり簡単になくなってはくれないものの、水のおかげである程度は楽になった。

激しかった咳も徐々に収まり、やっと楽になって一息吐いた。

「風邪かい？」

「いえ……歩いていたらいきなり喉がイガイガして……あ、お水ありがとうございました」

「良いってことさ。でも驚いたよ？　いきなり斗和坊が尋常じゃないくらいに咳をしちゃっててさ……本当に大丈夫なんだね？」

「はい、大丈夫……です？」

ってあれ？　神崎さんの後ろに誰か……居る？

咳が収まったおかげで気付けたけど、神崎さんの後ろに女性が一人立っている……二十代後半と思われるその女性からはとても美人だけど、神崎さんと同じくどこか冷たい印象を受ける。

「……どなたです？」

「あ、こいつはあたしの舎弟だよ。んで姐さんの大ファンさ」

「大……ファン？」

母さんのファン……母さんにファンって何を言ってるんだろう。

改めて女性を見ると僅かに顔を赤くしており、ちょこんと俺に頭を下げてそっぽを向いた。

「この子、こんなクールな見た目だけど恥ずかしがり屋なんだ。でもあたしの秘書みたいな子で仕事がよく出来るんだよ」

「へぇ……まあ詳しくは聞かないでおきます」

「そうしな」

神崎さんの実家がそういう家系であるなら部下みたいな人が居るとは思っていたけど……ほんとに居たんだ。

「……ふぅ」

しかし、さっきの咳はほんとに酷かった。

おそらく何でもないって思いたいのは山々だが、絢奈や母さんに心配を掛けないように寝る前にはちゃんと熱を測って寝よう。

「斗和坊との間接キスだね♪」

「神崎さんそういうの気にしないでしょ」

「あら……やっぱり斗和坊はあたしに女を感じてないよね？」

「そこで残念そうにしないでください」

どこまで本気か分からないから反応に困るんです、そう言うと神崎さんがガハハと笑い、さっきまでの気遣いが嘘のように背中をバンバンと叩いてきた。

「躱し方が姐さん味出てきたねぇ……流石斗和坊だよ」

「どういうことですか……」

「ま、何にもなかったのならそれで良いさ。あたしたちはもう行くけど、またそっちにお邪魔するからよろしくぅ。あぁあと、街中で見かけたら遠慮なく声を掛けるんだよ～」

「は～い」

大きく手を振って離れていく神崎さんに俺も手を振り返し、改めて帰路を歩き始めた。

何度か咳払いをして喉を確認したが、嘘のようにスッキリしている。

なんだ、本当に風邪でもなんでもなかったんじゃないか。

「うん？」

家が見えてきた頃、修からメッセージが届いていることに気付いた。

『今日はありがとう斗和。琴音や母さんとも、僕はしっかりと向き合うつもりだよ。斗和は僕の大事な幼馴染なんだってね』

「……ったく、ほんとに変わりすぎだろ」

琴音と初音さん……修の家族であり、俺にとっては因縁がある人たち。

修のことに関してはこうして良い方向へ転がったものの、どうあっても仲良くは出来ないなと諦めている人たちなんだが……修には無理をするなってことと、俺のことでわざわざ家族仲を拗らせる必要なんてないことも伝えておく。

「変に先走らないと良いけど……そこは伊織に釘を刺してもらうのも案外良かったりして」

なんてことを考えながら家に着き、母さんが俺を出迎えてあらっと首を傾げ……そしてクスッと笑みを浮かべた。

「その様子だと何かあったようね？　斗和にとって心から良かったと思える出来事が」

「うん……あったよ。俺さ、幼馴染と仲直り出来たんだ」

幼馴染、そう伝えるだけで母さんにも相手が誰か分かるはずだ。

母さんは一瞬目を丸くして驚いたが、すぐに良かったわねと俺の頭を撫でてきた。

「ちょっと、なんで撫でるのさ」

「ふふっ、良いじゃないのよ。最近、斗和にとって良いことばかりが起こっているわね。これも全部、あなたが手繰り寄せた結果なのよ」

「……俺さ、ここ数カ月凄い頑張ってると思う」

「そうね。とっても頑張ってると思うわ」

母さんはそれ以上何かを聞くことはなく、ギュッと抱きしめてきた。

……あぁ、母さんにこうされるととても落ち着く……まるで頭がフワフワするくらい不思議なほど……疲れが吹き飛んでいく。

「ってちょっと待ちなさい。斗和、あなた顔が真っ赤よ？」

「……え？」

顔が赤い……？

もしかして母さんに抱きしめられたことに照れて……なのか？

「……おでこ、触るわよ」

母さんの手が額に触れ、ひんやりとした感触が気持ち良い。

「母さん……もしかして？」

「ええ、凄い熱だわ。取り敢えずすぐにベッドで横になりなさい」

「……分かった」

俺ははぁっと深くため息を吐き、部屋に向かった。

部屋に向かう際に母さんから渡された体温計で熱を測ったところ、とてもではないが微熱どころの騒ぎではなく、中々に高熱であることを理解した途端に体がとてつもなく震えた。

「っ……さぶっ」

そして急激な寒気に襲われた。

全身がゾワゾワする不快感もそうだが、とにかく頭がボーッとしてきて気持ちが悪い。

「こほっ……けほっ」

ついには咳まで止まらなくなってきてしまった……ちくしょう。

「ったく……せっかく修と話をしてスッキリした後だってのに、なんでこのタイミングで調子が悪くなるかね」

どうせならあの清々しい気持ちのまま一日を終わらせてくれよ……なんて言っても仕方ないんだが、これくらいは思わせてくれ。

「斗和、入るわよ」

「うん」

「熱はどうだった？」

「割と高め」

「そう……なら明日はお休みね」

「……やっぱそうなるか」

「でも良いんじゃない？　他のクラスメイトが勉強をしている中、風邪とはいえ家でゆっくりするのも乙なものでしょ？　あ、けど絢奈ちゃんが寂しがるか」

前半の言葉はともかく、絢奈は寂しいと感じてくれるだろうけどそれ以上に心配を掛けてしまうのが嫌だな……思えば風邪を引くのも随分と久しぶりだし。

「絢奈のことだから気になって授業に集中出来ないとかありそう」

「斗和がそれを言うの？　でも確かにそれはありそうね！　何なら途中で我慢出来なくなって早退するかも？」

「それは……」

ないと言い切れないのが嬉しいような悲しいような。

まあ電話が出来ないほどしんどいわけでもないので、寝る前に電話で絢奈に風邪を引いたこと、そして修とのことを軽く話そう。

「母さん、風邪が移ると嫌だからもう大丈夫だよ」

「病人が気遣いをするもんじゃないわ。けどそれもそうね……取り敢えずお粥を作ったらまた来るから」

「ありがと」

そうして母さんは部屋から出ていった。

それから母さんがお粥を作って持ってきてくれるまで、とにかく何もやることはなかった……じゃなくて出来なかった。

体が熱くて寝苦しいのはもちろんだけど、それ以上に眠たくならないから面倒な状態が続く。

「……はぁ」

そして、さっきから何度もため息を吐いてしまっている。

変だな……そう自分でも言えるくらいに、風邪の影響なのか随分と気が落ちているような気がする。

「斗和、入っても良いかしら？」

「うん」

お粥を手に母さんが再び部屋に入ってきた。

関節痛のせいで起き上がるのに苦労してる俺を見て、母さんが手を貸してくれた……今日の母さん、いつも以上に優しいな。

「ちょっと、もしかしていつも以上に優しいとか思ってない？」

「えっと……よく分かったね？」

「あなたのことだもの。いつも優しいって情報を上書きしておきなさい」

「あはは……そうだね。母さんはいつも優しい」

そうでしょうと母さんは豪快に笑い、せっかくだからと俺にお粥を食べさせようとしてくる。

そこまでしなくて良いよと言ったのに、母さんは頑なに譲らない。

結局、俺は母さんに全部食べさせてもらうことになるのだった。

「ご馳走様」

「お粗末様でした。たぶんお腹空くだろうから軽めに食べられるものを作っておくわね」

「ほんとにありがとう」

「良いのよ……ふふっ、風邪の影響なのかいつもより弱く見える斗和がとても新鮮ね」

まあ、風邪だしな。

こんなことで満足してほしくはないのだが、母さんは終始俺のことを可愛い可愛いと言いながら頭を撫でてから出ていった。

まったく……うちの母さんは本当に俺のことが大好きで困る。

困るってのはその言葉通りの意味じゃなくて……本当に思われすぎて、良い意味で困るってやつだ。

「……よしっ、絢奈に電話するかぁ」

まだ体は熱いし頭はボーッとしているけれど、お粥を食べたおかげである程度の元気を取り戻すことは出来た。

ただそれでも寒気は酷く感じているので、布団に包まりながら絢奈に電話を掛け……しばらく待っても彼女は出なかった。

「トイレかな……ま、こういうこともあるか」

そもそもの話、俺の電話に対してワンコールでいつも出てくれるのがおかしいんだよ。

頭がボーッとしてきたし……そろそろ寝た方が良いか。

いつも絢奈の声を聴きたいのはもちろんそうなのだが、今日に限っては風邪で弱ってるせいかいつも以上に絢奈の声が恋しい……というよりとにかく寂しくてたまらない。

「……不安だ」

声に出して理解する……あぁ、この不安は朝のやつだってことを。

「なんなんだ……なんなんだよこの感覚」

体の震えが強くなってきた……本当にただの風邪なのか？　何か物騒な病気が隠れているんじゃないかってほどに体が震えてたまらない。

「っ……寒い」

俺って……こんなに弱い人間だったのか？

そんなことを思ったその時、待ち望んだ彼女から電話が掛かってくるのだった。

「絢奈……？」

『もしもし斗和君？　お手洗いに行ってて出れませんでしたが……もしかして体調が優れないのですか？』

「……なんで？」

『何となく……ですかね。声に少し元気がないのと、後は単純に私の直感です』

「はは……流石(さすが)だな」

本当に、絢奈はどんなことでも気付いてくれるんだな。

彼女の言葉と声に安心したのか、あまりにも呆気(あっけ)なく寂しさだけでなく寒気が少し和らぐ。

「風邪……引いちまった。結構熱も出てるんだ」

『そ、それなのに電話してきたのですか⁉　電話をしてくれたことは嬉しいですし、こうして寝る前に声を聴けたのは最高ですよ！　けどご自身の体調を第一に考えてくださぃ‼』

あ……これは本当に怒ってるんだとすぐに分かった。

そうだよな……ダメだけど微熱ならまだしも、そこそこ高い熱を出してる状態なんだから。

「ごめん……異様に寂しくて、不安でさ……絢奈の声が聴きたかった」

『……もう、そんなことを言われたら早く休んでくださいって強く言えないじゃないですか』

「ほんとにごめん……本当なら色々と喋りたいことがあって、今日はそれを語り明かして終わるつもりだった」

『なるほど……気にはなります……なりますけども！』

「……ははっ、やっぱ体調が治ってからにするか」

残念だが、これ以上絢奈に心配を掛けるわけにもいかないので今日はもう休もう。

「明日は休むことになる……だから絢奈？　ただ風邪で寝込んでるだけだからあまり心配はしなくて良いからな？」

『ただの風邪だろうと心配するに決まってますよ……学校が終わったらお見舞いに行きますね？　もしかしたら……あの……どうしても心配でたまらなくなったら早退してそっちに行きます』

「いやそれは……」

『許してください。お母さんだってきっと、それが私だって言ってくれると思いますし』

「…………」

絢奈のことだしもちろん予想はしていたけどな。

けれど……やっぱり嬉しかった……そこまで考えてくれていること、俺のことを優先してくれる彼女に。

「……この場合、喜んじゃダメだと思うんだ。けど……嬉しいよ絢奈」

『ふふっ、ほぼ確実に行くと思いますので明美(あけみ)さんには予め(あらかじ)私から連絡をしますね。ですが……ここまで弱々しい斗和君はあの時以来かも……ってごめんなさい！』

あの時というのは事故に遭った時のことだろうか……絢奈からすればそれくらい今の俺はとても弱々しく感じられたってことだ。

「謝らなくて良いよ。じゃあ絢奈、今日はありがとうな」

『いえいえ、必ず明日行きますからね！　……あの』

「うん？」

『今から少しして寝られなかったら、或い(ある)は夜中に目が覚めた時……寂しくなったら遠慮なく電話してくださいね？　迷惑だと思わないでね？　私、斗和君を安心させてあげたいもん』

「…………」

思わず敬語が抜けてしまうくらいに、絢奈は俺のことを考えてくれているようだった。

不安に感じて電話を掛けた俺よりも不安そうな絢奈の様子……こんな声を聴いてしまえば、俺の方が寂しいだなんて言ってられない。

「ありがとう絢奈……そう言われると逆に出来なくなりそうだが？」

『そ、それは……そうかもですけど！』

「本当に安心したし助かったよ。良い夢を見ながら眠れそうだ」

『そうですか？　それなら良かったです……ですが！　本当に寂しかったら電話してくださいね？　ずっと起きてます、なんて言いませんけど斗和君からの電話なら飛び起きますから！』

それはもう絶対起きてるだろ、そうツッコんだのは当然だった。

『それじゃあ……明日です。おやすみなさい斗和君』

「おやすみ絢奈」

そうして電話は切れ、再び静かな時間が訪れた。

胸に抱いた不安と寂しさが再びぶり返したものの、まだ耳に残る絢奈の声がそれを打ち消してくれる……僅かではあるがな。

「この感覚が残っている間に眠ってしまうか……ふわぁ」

眠気の到来を教えてくれる大きな欠伸(あくび)を大歓迎するように、俺は目を閉じた。

▽

この世界に転生してから本当に夢を見ることが多い。

何度こう思ったか分からないくらい……とは流石に言いすぎかもしれないが、それくらいに重要なことであったりどうでも良いことを夢で見てそれを覚えている。

そしてどうやら、今日の夢は俺にとって最大の悪夢だったらしい。

「斗和君、さようなら」

「斗和、さようなら」

絢奈が、母さんが目の前から消えていくそんなクソみたいな夢だ。

悲しそうな表情をして二人が白い煙になるように消えていく……瞬時に手を伸ばして二人に触れようとしても、俺の手は空(くう)を切って彼女たちに触れることを許さない。

「斗和君……」

「斗和……」

「雪代(ゆきしろ)君……」

「雪代先輩……」

星奈さんが、修が、伊織が、真理が……その他にも、この世界で知り合った人たちが目の前から消えていく。

人だけじゃない……俺が今、住んでいるこの家も……街もその姿を消していく。

「なんだよこれ……」

目の前の光景が容赦なく俺の心を傷付け、大きな風穴を開けていく。

とにかく何かに触れたくて手を伸ばす……しかしまるで拒絶するかのように、その全てが消えていくんだ。

「絢奈……母さん……みんな……？」

そうして誰も居なくなった……全部がなくなった。

俺が積み上げたもの、手に入れたもの……大切な存在を容赦なく奪われたような錯覚に陥り……そんな最悪な気分で俺は朝を迎えた。

「っ⁉」

目を開けた時、迎えてくれたのは部屋の天井だ。

既に日は昇っており窓の外からは小鳥の鳴き声が聞こえてくる……俺はゆっくりと体を起こし、酷く寝汗を掻いていることに気付く。

「……気持ち悪いな」

パジャマが肌に張り付き気持ちが悪い……そしてそれだけでなく、昨日に比べて圧倒的に体が重たい。

「体温計は……」

枕元に置かれていた体温計を手に取り、熱を測ると……なるほどこれは重症だなと乾いた笑いが出てしまうくらいの熱があった。

「昨日より酷いのか……どうりでしんどいと思ったぜ」

というか寝汗はともかく、肌がベタベタしているのって昨日風呂に入らなかったからじゃないか……？

シャワーを浴びたい……でもそれすらしたくないほどに体が重い。

ただ喉の渇きだけはどうにかしたかったので、俺は寒気を我慢しながら部屋を出てリビングへ。

「おはよう母さん……」

「おはよう斗和……って顔色凄く悪いわよ⁉」

「うん……もっと酷くなったみたい」

血相を変えて母さんが傍に来たが、万が一にも風邪を移すわけにはいかないのでステイステイと押し留めた。

(……母さんだ)

目の前に母さんが居る……そのことにとても安心した。

あのクソみたいな悪夢を覚えているからこそ、目の前に母さんが居るのが嬉しくて泣きそうになる……涙は全く出てこないが。

「移るとか移らないとか気にしてくれるのは嬉しいけど、そんな状態の息子を前にして母親の進撃を食い止められるわけがないでしょう?」

「あ……」

トンと、額に手を置かれた。

ひんやりとした手の感触が気持ち良いせいで、一瞬意識が飛びそうになったが何とか踏ん張る。

「病院行くわよ。ただの風邪にしても、安心はしておきたいものね」

「……分かった」

母さんはすぐさま会社に遅れることを伝え、しばらくしてから俺は母さんが運転する車で病院に向かった。

診断の結果は、ただの風邪だった。

ただの風邪と言えど人によっては症状の重さは変わるだろうが、今回は随分と質(たち)の悪い風邪に目を付けられたらしい……不運だマジで。

「斗和、何かあったらすぐに連絡しなさい？　本当だったら一日中付きっきりで看病したいところだけど」

「大丈夫だって。それじゃあ母さん、仕事頑張って」

「……ええ。行ってくるわね」

病院から戻ってきた時、母さんは仕事を休んで看病すると言ってくれたけどそれを断ったのがそもそも俺だ。

俺がまだ幼稚園生とか小学生なら仕方ないけど高校生だぞ？

流石(さすが)にこの年齢にもなっていくら質の悪い風邪とはいえ、母さんに付きっきりで看病してもらうなんて情けないじゃないか。

「……斗和ぁ……斗和ぁ……？」

「行ってらっしゃい母さん」

「うぅ……行ってくるわぁ……」

母さんを何とか送り出した後、俺はとっとと横になりたくてすぐ部屋に戻った。

「……うん？」

ベッドで横になり、スマホを手に取る。

すると絢奈から朝の挨拶、そして体調はどうですかとメッセージが届いていた。

「結構前に来てるな……返事、しとかないと」

大丈夫だから心配は要らないとそれだけを添えて返事をした。

昨日の様子からこちらのことをかなり心配してくれたことは分かっているので、これ以上の心配は掛けたくないので体調が悪化したことは伝えなかった。

「……ふぅ」

絢奈からの返事を待つこともなく、俺は目を閉じた。

とにかくしんどい……眠たい……怠い……そうしてまた眠りに就こうとしたところで、再びあの不安が胸に渦巻くのを感じる。

それこそ眠ったらダメだと心の中から囁かれるような……けれど眠気に抗えない——意識がすうっと遠くなり、何かがサラサラと崩れ去る音がやけに耳に残った。

「……？」

青年は、ふと目を覚ます。

「あれ……俺、なんでこんな……」

目を覚まし、自分が机に突っ伏したまま眠っていたことに困惑するも、偶(たま)にはこういうこともあるかとすぐに納得した。

「……寝落ちしたのか」

机の上……すなわち目の前にあるのは電源が入ったままのデスクトップパソコンで、適当にネットサーフィンをしていた痕跡があった。

よくもまあこんな体勢で寝ることが出来たなと感心する半面、こんなことで電気代が少しでも上がったら嫌だなと大きなため息も出る。

「なんか……スッキリしないな」

そう口に出す……なんともスッキリしない違和感があるのだ。

青年にとってここは自分の家、そして自分の部屋という慣れ親しんだ環境でもあり、それが間違っていないと持っている記憶が証明している。

「ま、すぐに気にならなくなるだろ」

そう言って青年の一日は始まりを迎え、そしてあっという間に過ぎる。

一日中ずっと考えていた……考えてしまっていた。

結局この違和感は何だという考えは全く消えず、どこまでも青年に付いて回ったせいで全然集中出来なかった。

「先輩？　どうしましたか？」

「っ⁉」

考え事に没頭するあまり、傍に居た女性のことを忘れていた。

「まったくもう！　今日はずっとそうじゃないですか？　私が声を掛けても上の空ですし、本当に何もなかったんですよね？　流石に気になります」

「……マジでごめん。何でもない」

彼女は青年の後輩だ。

長い黒髪と端整な顔立ち、体の凹凸がハッキリ分かるほどのスタイルの良さ……特に胸の膨らみはかなりのもので、彼女が悪ふざけで体を密着させてきたりしたらそれはもう大変だ。

(ほんと、なんで俺なんかに構ってくれるんだろうな)

そもそも、こんな子と知り合いだったか？

なんて言ったら泣かれること間違いなしのことを考えたりするも、彼女が傍に居ることに対しそこまで不思議ではないと思えるのもまた妙だ。

「…………」

「ちょ、ちょっとなんです？　そんなにジッと見つめて……あの？」

「…………」

「さ、流石に恥ずかしいですよぉ……でも先輩なら許します！」

青年がジッと見つめることで、女性は恥ずかしそうに体を揺らす。

そんな仕草でさえも可愛らしく、彼女の可憐さを更に演出するかのようで、これは世の男が放ってはおかないなと青年はやけに納得する。

(誰かに似ている……誰だったかな？)

こんな美女が他に居るかと思いもしたが、青年はそれが気になって仕方なかった。

ずっと傍に居てくれたような……ずっと傍に居たいと誓った女性が居たような気がしてならないのである。

(俺は……俺は……)

誰の傍に居たい……？

誰に傍に居てもらいたい……？

「先輩？」

『斗和君？』

目の前の彼女が誰かに重なり、青年は大きく目を見開く。

思わず手を伸ばしかけて踏み止まり、不安そうにする女性にごめんと謝って平静を装う。

「今日の先輩おかしいですね。ちょっと休んだ方が良いのでは？」

「……かもしれんな。悪い、ほんと」

「良いんですよ。休める時は休んで、頑張る時は頑張って……そして辛い時は遠慮なく頼ってください。だってそれが私と先輩の在り方でしょ？」

「……君は——」

「ですからどうか、戻ってきてください……ずっと待っていますから」

そんな意味深な言葉を最後に、青年は女性と別れた。

それから全ての用事を終えて帰宅し、再びあの目覚めた部屋の中で時間が過ぎていく。

「…………」

後輩の女性と話をする中で聞こえた気がした声を改めて思い返す。

「斗和……？」

斗和……その名前を青年は知っていた。

知っていたとは言っても知り合いに居るとかではなく、あくまで記憶にあるゲームに登場するキャラの名前として知っているだけだ。

「……確かここに」

一人暮らしだからこそ隠すほどのものではないので、パソコンの傍に置かれているものたちの中からすぐに発見した。

「【僕は全てを奪われた】……それとファンディスクか」

それは青年がハマりにハマったエロゲである。

ただのエロゲと呼ぶには失礼すぎるほどに、ストーリーとキャラに魅力を感じた作品だ。

特にヒロインの音無絢奈のことが大好きになり、本編とファンディスクは何度もプレイしたほどだ。

「斗和……そして絢奈」

この作品に登場する斗和と絢奈……二人の名前を口にすると、妙にしっくり来る感覚と共に耳に残る。

青年は何かに突き動かされるように、再びゲームを起動した。

# 5章



「……斗和君？」

「絢奈？」

授業の合間の休憩時間、ついに私の限界が来た。

刹那や他の友人たちが目を丸くして私を見つめる中、もう我慢出来ないと言わんばかりに荷物を纏め始める。

「ちょ、ちょっと絢奈？」

「もしかして雪代君の家に行くの？」

「はい」

恋人のお見舞いに行くから学校を早退する……これは流石にそのまま先生に言っても通らないだろうことは理解している。

しかし、今まで品行方正に過ごしてきたからこそ……先生に信頼されているからこそどうにか頷かせる算段もありますからぁ！

「なんて言って帰るの？」

「嘘も方便という言葉があってですね」

「なるほど……ま、絢奈が深刻そうな顔でそれっぽい嘘を言えば先生は信じるでしょうね」

「でしょうでしょう！」

「ほんと……愛に生きてるわねぇ」

「そりゃ愛ですから！」

……そう、私の斗和君に対する愛は無限大です。

けれどそれだけじゃない……心配なんですよ――斗和君が風邪を引いて苦しんでいるかもしれないというのはもちろんですが、それ以上に私はまたあの不安を抱いてしまった……彼が離れていくような、私が好きになった彼が居なくなってしまうような気がして。

「それではみなさん、私はこれで」

「ええ、頑張って」

「雪代君によろしくね～」

教室を出た後、私はすぐに職員室へ向かう。

嘘も方便、愛の前には障害なし……とはいえ、まだどう言って帰るかの口実は考えていなかった……けれど、職員室に入った私を見て担任の先生は何も言うなと言った。

「分かった。帰りなさい」

「え？」

「特別に許す。その代わり、あまりこういうことはこの先何度もというわけにはいかん。ある程度は融通を利かせるにしても限度があるからな」

「……ありがとうございます先生」

「うむ、行ってやりなさい」

優しい表情の先生に見送られる形で私は職員室を後にした。

……こうして考えると、私はとてもたくさんの良い大人に恵まれているんだなと思える。

生徒玄関で靴を履き替えた瞬間、私は翼が生えたかのように駆け出す。

とは言っても決して清々しいような気分ではなく、どこまでも私は不安に押し潰されたくなくて……それを感じたくないから走るんだと頭では理解出来ていたのです。

「斗和君……斗和君……っ」

なんでしょう……なんなのでしょうかこの嫌な不安は。

冷房の利いている学校と違い、外は暑い……こうして走ったらすぐに汗は出てくるし息も上がります。

「はぁ……はぁ……っ」

疲れも苦しさも彼方に置き去りにするように、私はそのまま斗和君の家へと向かい……着いた頃にはもう、体は汗で凄いことになっていた。

シャツが肌に張り付いて肌色が露わなだけでなく、下着の線なんかも目を凝らせば見えるかもしれない……しかしそのことを恥ずかしいと思う余裕はなかった……だって私はそれだけ斗和君のことしか考えていなかったから。

「あ、明美さんに連絡しておかないと」

息を整えながら、仕事中の明美さんにメッセージを送る。

元々こうなることを予期していた明美さんから、いつでも来て良いからと言われてはいたものの、やはり親しき中にも礼儀ありだ。

インターホンを鳴らして少し待つも、斗和君は出てこない。

おそらく眠っているんだろうと思いながら扉を開け、私は逸る心を抑えるように彼の部屋へ急ぐ。

コンコンと、軽くノックをして部屋を覗くと……やっぱり斗和君は眠っていた。

「……ふぅ」

良かった……斗和君はそこに居た。

まあ今の彼の状態に関して良かったとは言えないけれど、それでもこうして彼の姿を目にすることが出来た時点でまずは一安心だ。

「そうですよ……斗和君はどこにも行かない……だって二人で幸せになるって約束してくれましたから」

私の心に刻まれている斗和君との約束……これがある限り、私は絶対に不安にはならない……けれどどうして、こんなにも私は不安に突き動かされたんだろう……そしてそれは何故、こうして斗和君が目の前に居るのに消えてくれないんだろう？

「そこに居ることに安心はしました……けれどこれは……何？」

斗和君……斗和君斗和君斗和君。

不安に背中を押されるように部屋へ入り、ベッドのすぐ傍に腰を下ろして斗和君を見つめる。

「っ……はぁ」

苦しそうだ……代わってあげられるなら代わってあげたいと、そう考えてしまうくらいに斗和君は辛そうだった。

昨晩の声色からしんどそうなのは伝わっていたけれど、どうやら私が思った以上に質の悪い風邪みたいだ。

「……俺は……俺は……どこ……あや……な」

「あ……」

斗和君が私の名前を呼んだ……私は大きな声を出すことも、彼の体を揺らすこともせず、ベッドの中に手を差し入れて彼の手を握りしめる。

「斗和君……私はここですよ。ここに居ますよ」

斗和君はきっと、私がここで起こしても怒りはしないだろう……むしろ学校を早退したことに呆れながらも、嬉しそうに微笑んでいらっしゃいと言ってくれるに違いない。

若しくは風邪が移るからと言って心を鬼にしながら、帰ることを促す可能性もある……絶対に帰りませんが。

「斗和君……私は斗和君が好きです。斗和君のおかげで私はこうして幸せを手にすることが出来ました。もちろんもっともっと、今以上に斗和君と二人で幸せになるつもりです」

言葉が止まらない……斗和君に言い聞かせるように、風邪で苦しむ彼を安心させたいかのように言葉が紡がれていく。

「私は……斗和君に救われたんです。あなたはきっと、私もあなたをたくさん救ったと思ってくれるでしょう。けれど私はそれ以上に斗和君に救われたんです——他でもない今のあなたに。私が好きなのは……私がこんなにも心惹かれ、共に生きたいと願うのは今のあなたなんですよ」

今のあなた……この言葉がどうして出てきたのか分からない。

斗和君は斗和君……それは今も昔も変わらないはず……このことはそこまで気にするべきことじゃないとそう考えている。

だから……ただこれは伝えたかっただけ……私はこう思っていると、あなたのことが大好きでたまらないんだとそう言いたいだけなんです。

「ふふっ、いつも伝えていることではありますけどね。ですが、愛する人に愛の言葉を囁きすぎたからって困ることはありませんよ。あ、しつこくて嫌に思われたらそれは……あわわっ」

私、重大なことに気付いてしまいました……確かにしつこすぎると優しさを飛び越えて面倒が先に出る可能性があります！　こ、これはこの先気を付けなくては……っ！

私は少しだけ斗和君の手を握る力を強くする……私はここだと、この手を絶対に離しはしないと伝えるように。

「ねえ斗和君……私を探してるなら、帰る場所を探してるなら迷うことなんてないよ——だってここが斗和君の……あなたの帰る場所だから」

そして私は、あなたをずっと待っている……何があっても、ずっと待っているから。

だから早く目を開けてほしい……いつもみたいに、私のことをその愛しい目で見つめてほしい。

「……あ」

何も悲しいことなんてないのに、瞳から涙が零れ落ちる。

大粒の涙となって流れ出る雫をせき止める術が私にはない……手で拭えば良いとかそういう単純な話じゃない。

だからどうか……目を開けてよ斗和君。

あなたが私を見てくれたら……私は泣き止むから。

▼▽

「……？」

誰かに呼ばれたような……そんな気がした。

しばらく虚空を見つめ続けたが、俺は気を取り直してパソコンの画面に集中する。

突如として起動したゲーム……【僕は全てを奪われた】のストーリーをただただ読み進めていくだけ。

「……本当に初めてやった時は驚かされたよな」

正確にはこのゲームの続編であり、裏の事情を事細かに説明してくれるファンディスクをやった時だが。

「しっかし、いつ見ても良い表情だよなぁ……なんて」

エッチシーンの絢奈は本当に色気たっぷりで、更に台詞(せりふ)もとにかく斗和側を満たしてくれる台詞に溢(あふ)れている。

本編だけなら修(しゅう)側だと完全寝取られなのに、全てを知っている側からすれば絢奈はただ一途(いちず)に斗和を想(おも)っての言葉ばかりだ。

「……なんか……妙にしっくり来ないな」

絢奈が斗和を想っていることは明白……けれど、ゲームの彼女から放たれる言葉がどうにもモヤモヤするというか、俺の知っている絢奈じゃないような気がしてならない。

「俺の知ってる絢奈って何様だよ……」

このゲームとキャラクターが好きすぎて現実と妄想の区別が付かないなんてこと……いやいや、そこまで俺は重症じゃないはずだ！

「ふぅ落ち着け……ま、まあこういうこともあるよな！　アニメとか漫画のキャラを俺の嫁って言うのと同じだって！」

……俺、なんでこんな慌ててんだろ。

こんな風に慌てる俺の視線の向く先では、ずっと斗和と絢奈がエッチをしている。

「ごめんなぁ二人とも、俺のせいでその体勢のまま……」

クリックして先に進まないから二人ともずっと繋がったまま、しかも絢奈に至っては体操選手もビックリなくらいに足を上げているのでずっとこれはしんどいだろう。

「ははっ、エロゲをやりながらこういうことで笑うとか流石俺だ。目の付け所が違うぜ」

それから程なくしてエンディングを迎え、次に俺は絢奈の生き様を描いたファンディスクをプレイする。

「…………」

こうしてファンディスクをプレイする中、俺は今までにないほど集中していたかもしれない。

画面を食い入るように見つめ、とてもじゃないが視線を逸らせない。

絢奈という女の子が辿った道筋をこうして見る度に、大変だったなと思うのは今まで通りだったが……今回はそれだけじゃない——こんなにも笑顔が失われている彼女をどうにかして慰めたい、傍に居て安心させてあげたいという気持ちが強く溢れてきたんだ。

「俺は……俺は……」

俺は……どうしたいんだろう。

自分でもよく分からない不思議な気持ちになりながら物語を進めていくことで、段々と頭の中がスッキリしていく感覚があった。

「……あぁ、そうか……俺は……」

頭の中に掛かっていた靄が晴れていき、記憶が鮮明になっていく。

あぁ……そうだった——この場所は確かに俺が居た世界……けれどもう俺の生きている世界じゃないんだ。

そう実感した瞬間、急激な速度で全てを思い出していく。

そして同時にこうも思った。

「本来、彼女が居てくれるあの世界は俺の生きる世界じゃない……俺が行けるわけもなければ、存在しないはずの世界。だからなのかな……たぶんだけど、こうして思い出さなかったら俺はずっとここに囚われたままだったかもしれない」

これはおそらく、現実だからこそ本来転生なんてあり得ないんだと俺に知らしめるため……かな？

まあただの考えすぎかもしれないし、普通に時間が経てば戻れるかもしれないが、それを確かめる術はない——何故なら俺はもう、あっちの世界で生きることを決めたからだ。

『斗和君……私はここに居ますよ』

「絢奈？」

俺しか居ない部屋に、絢奈の声が響き渡る。

泣きそうなその声に俺は今すぐ帰らないといけない、そう思って立ち上がった。

「……絢奈」

ゲームはちょうど、絢奈が己の闇を吐露するシーンで止まっている。

画面にドアップで映されている絢奈は雨に濡れており、俺だけでなく全てのプレイヤーの心を打った彼女の悲しそうな姿だ。

モニターの上から絢奈の頬を撫でるように手を当てる。

硬い感触なのは当然だが、こうしていると不思議なくらいにいつも彼女にしているような感じだ。

「絢奈……俺は絶対に君にそんな表情をさせたりしない。今目の前に居る君を慰めることは出来ないけど、俺は俺自身が出会い、未来を共に歩くと誓った絢奈を守り続けるから」

そう、これが俺の変わらない意思……俺の想いだ。

「なあ斗和、そっちの絢奈を俺は慰めることが出来ない……それなら誰が彼女を慰めるんだ？　お前しか居ねえだろ、なあ雪代斗和」

無駄なのは分かってる……けれどこう言わずには居られなかった。

俺は俺の好きになった絢奈を守る……だから今、この泣いている絢奈を慰められるのはその世界に生きる雪代斗和にしか出来ないから。

「ふぅ……それじゃあ帰るとするか」

あ、でもそういや俺って風邪でダウンしてんだよな……かなりしんどい風邪だし、治るまでこっちに居るのはダメか？

「……ははっ、絢奈に会えるならそれくらいの苦しみは甘んじて受けてやるか。むしろ望むところってか……よし、帰るよ絢奈」

部屋の扉を出れば、俺はあの世界に帰れるだろう。

一切迷うことなく扉に向かおうとした時、パソコンに映るゲーム画面が勝手に進行したように感じ振り向いた。

「……え？」

動いている……感じた通りゲームが進行していた。

しかも俺が全く知らない絵……泣く絢奈を抱きしめ、慰めている斗和の姿が。

「……心配の必要はなかったかな？」

転生っていう摩訶不思議（まかふしぎ）なことを経験したんだ……これくらいの奇跡はあって然（しか）るべき

だろう。

抱き合う二人の姿をしっかりと目に焼き付け、俺は目を覚ます。

「……絢奈？」

「すぅ……すぅ……」

目を開けてすぐ、俺は傍(そば)に絢奈が居ることに気付いた。

目覚めたばかりでボーッとする頭を必死に働かせるように、顔を横に向けると絢奈がベッドに頭を乗せるようにして眠っている。

片方の手をギュッと握りしめられているのもあって、おそらくあの世界から俺を引き上げてくれたのは絢奈なんだろうなと確信した。

「にしても……あの子は一体――」

あの世界で出てきた後輩の女の子……絢奈によく似たあの子のことは薄れた前世の記憶に存在しない。

見た目が絢奈に似ているだけでなく、喋(しゃべ)り方や雰囲気も絢奈そっくりだった……もしもあれが俺の単なる妄想だとか、こういう人が傍に居てほしいという気持ちの表れなら、どれだけ絢奈が好きなんだろうって逆に誇らしいまであるな。

「時間は……昼過ぎか」

ちょうど腹も減ってるし……というか、昼過ぎの時間帯に絢奈が居るってことは早退したってことで、そのことに呆れはするも半ば予想出来てたこともあるし、何より嬉しかったのでガミガミ言うのはなしだ。

「絢奈はたぶん……昼食は摂ってないよな？」

彼女は弁当だろうけど、ここは起こして食べさせるべきか……なんて考えていて、ふと気付いたのが、今朝のしんどさが嘘のように体が軽い。

若干の怠さは残りつつも、ほぼほぼ全快じゃないかって言いたくなるくらいには元気である。

「う……う～ん？」

「お、目が覚めたか？　不良娘め」

笑いながらそう言うと、絢奈は目元を擦りながら俺を見つめた。

俺が目を覚ましたことを理解したのか、段々とその目が開いていき……そして彼女は俺に飛び付くことはなく、すんでのところでフンと鼻を鳴らすようにしながら踏み止まった。

「あ、危なかったです……斗和君は病人なのに、一切気にせず抱き着いてしまうところでしたよ」

「俺は構わんけどな？　不思議なほどに体調は悪くない……でも、風邪が移ったら嫌だから踏み止まってくれて良かったかも？」

あぁ……安心するな。

しんどさもなければあの不安も寂しさも既にない……まるであの夢から出たことで、その全てから解き放たれたような感覚だ。

そして何よりこうしてスッキリしたから伝えたい言葉がある。

「ただいま絢奈」

この場においてただいまと言われても絢奈からすれば困惑するだけだろう……しかし、絢奈はクスッと微笑(ほほえ)んでこう言ってくれた。

「おかえりなさい斗和君」

その言葉に、俺もまた同じように笑みを返すのだった。

「お腹(なか)減ってませんか？」

「めっちゃ減ってる」

「では急いで作りますね」

「絢奈は弁当？」

「いえ？　絶対に来るつもりでしたので、自分のも一緒に作ろうと思っていました」

「そ、そうなんだ」

それは……ま、まあ喜んでおこうかな！

その後、絢奈が作ってくれた昼食を済ませ、パジャマを換えるついでに汗を流したくてシャワーも浴びた。

ただその後、まさかの絢奈もシャワーを浴びることに。

『実は学校から走ってきたんですよね……既に汗は乾きましたけど、私もシャワー浴びたい気分です』

走ってきてしまうほどに、絢奈は心配してくれていたというわけだ。

体温計で熱を測ると完全に下がっており、さっきも言ったが全くしんどくないので体調は万全……けれど今日はもう絶対安静というのは決めているので、すぐ部屋に戻りベッドの住人と化した。

「こうして横になっている中、クラスメイトはみんな授業中か。昼のこの時間帯だと最高に眠くなる瞬間じゃん」

「そうですね。いやはや、私たちは良い御身分ですねぇ」

「これでベッドの中に絢奈が居てくれたらもっと最高なんだけどな」

そう、そこだけが残念で仕方ない。

ベッドとは眠るためにあるもので、だからこそ横になれば柔らかな質感が包み込んでくれて気持ち良い。

そんな空間の中に大好きな女の子が居て、その子を抱きしめながらというのはもっと幸せで気持ちが満たされるものだ……いやぁ、本当に残念で仕方ないよ。

「…………」

「絢奈さん？」

えっと……なんでそんなジッと俺を見てる？

絢奈は真顔のまま俺に近づき、掛け布団に手をかけてそのまま引っ張ろうとするが、もちろん俺はそれを阻止する。

「何をしてる？」

「ベッドの中に私が居たら最高なんですよね？　なので添い寝をしようと思ったのですが」

「俺が悪かったごめん。考えなしに物を言うのはやめるよ」

何度も言ってるけど俺、風邪だからね。

どうあっても俺の布団の中へ潜り込みたそうにする絢奈を制し、しばらくして絢奈もようやく諦めてくれた。

眠くならないのもあって絢奈には会話相手になってもらったが、昨日話せなかったことを纏めて話す良い機会だった。

「それで、修と話をしたんだ。あいつ、凄く良い顔で笑ってたよ」

「そうだったんですね……ふふっ、修君が」

「あいつも前に歩き出せたみたいだ……それと、絢奈にはまた折を見て話がしたいだってよ」

「別に今すぐでも構わないのですけどね」

「そこはほら、俺の時でさえ勇気を振り絞っていたし……絢奈の場合はもう少し掛かるかもな」

「そうですね……ゆっくり待ちましょう」

絢奈の様子から修の変化を歓迎しているのは一目瞭然だ。

たとえ昔のように完全な形に戻れなくても、俺たちはもう大丈夫なんだと思える今はこれ以上ない進歩と言える。

「本当に斗和君のおかげですね。斗和君が居てくれるおかげで、こんなにも幸福な未来が待っている……斗和君は魔法使いか何かですか？」

「何言ってんだよ。俺は魔法使いなんかじゃない……ただ大好きな人のため、がむしゃらに動くことしか出来ない人間だよ」

「……それが素敵なんだって言いたいんですけど」

「それ言ったら絢奈だってそうじゃない？」

「それはまあ……ふふっ♪」

「ははっ」

横になったままの俺、床に座ったままの絢奈。

距離を取ることでお互いにお互いを抱きしめたい、或いはもっと近づきたいという気持ちにストッパーを掛けているのに、絢奈がやっぱりダメですと言って立ち上がり近づいてくる。

「粘膜接触を控えれば大丈夫なはずです。だからここで」

いやいや絢奈さん、それはそれでどうなの？

俺が起きた時と同じようにベッドのすぐ傍に座った絢奈は、ジッと俺を見つめる形に。

「……つうか粘膜接触って響きがアレだよな」

「エッチですよねぇ。ねえ斗和君、早く治してくださいね？　もうストレートに言っちゃいますけど、斗和君とエッチなことしたいですもの」

「ハッキリ言うなぁ」

「言いますよ。今更照れる仲でもないじゃないですか」

それは確かに……俺は布団の中から手を出して絢奈の頭を撫で、そして流れるように頬に触れた。

「私……こうされるのも好きですよ。何も考えず、ただ相手に触れたいって感覚でこうするのもされるのも」

「良いよな。こうして触れているだけで幸せなんだ……早く治して思いっきり絢奈とエッチとかしたいな」

「しましょうよ。だから何度も言いますが早く治してくださいね」

エッチ云々は少し絢奈を照れさせてやりたかったんだが、やっぱもうこの程度じゃお互いに照れたりはしないようだ。

「絢奈」

「はい」

「俺さ……さっきまでここととは違う世界に居たんだ」

「違う世界ですか？　とても気になるので教えてください」

突拍子もない俺の話を絢奈は聞かせてほしいと言った。

違う世界の話といきなり言われたら困惑か、或いは何を言ってるんだと呆れるのが普通のはずなのに絢奈は真剣だ。

俺は目が覚めるまでのことを思い返しながら言葉を続けた。

「その世界の俺は斗和じゃないんだ……そして絢奈も居ない。この世界で知り合った誰もが居ない世界だった。俺はその世界で普通に過ごして……でも物足りないことに気付いたんだよ」

「…………」

「そりゃそうだよな……あの世界は間違いなく俺にとって大切な場所でもあったけれど、そこには絢奈が居ないんだから」

あの世界は元々俺が居た世界でもあるんだろう……まあ限りなく似たものという括りではあるだろうが。

「何が足りないんだろう……誰に傍に居てほしいんだろうって、そう考えたら忘れていたモノを全部思い出したよ。そして俺は改めてこう思ったんだ——俺にとって生きるべき世界は、生きたいと願う世界は絢奈が居るこの場所なんだって」

「斗和君……」

俺は絢奈に隠し事をしている……転生者であることを。

けれど俺はもう雪代斗和であり、この世界で生きることを決めた一人の人間だ。

俺はもう斗和……斗和なんだ。

言い聞かせるでもなく、そうだと自己暗示するわけでもなく、この世界に生きる俺は他でもない俺自身なのだから。

「……ふふっ、ねえ斗和君」

「うん？」

「私は……今の私を導いてくれた斗和君が好きです。斗和君が変わったように、私も変わったんですよ――私はあなたが好き、今傍に居てくれるあなたが好きなんです。他の誰でもない、私の手を取って心に寄り添ってくれて……いつも好きと伝えてくれるあなたが好きなんです」

今度は絢奈が入れ替わるように、俺の頰を撫で始めた。

手の平から感じる絢奈の慈愛と献身、そして愛に身を委ねるように俺はその手の感触を楽しむ……少々くすぐったいが、今はただ受け入れながら絢奈の言葉に耳を傾けた。

「斗和君が……時々何かに負い目を感じていることも気付いてましたよ」

「っ……」

「当然じゃないですか、だって斗和君のことですから。私が大好きでたまらないあなたのことに気付かないわけが……と言えると恰好が付くのですが、あくまで違和感程度でしたけどね」

「そ、そっか」

「ですが！　それが気にならないくらい今のあなたが好きだと、愛しているということです――ねえ斗和君、この世界は大好きですか？」

そう言われ、俺はもちろんだと強く頷いた。

「俺はもう、この世界のことを忘れられないよ。だから俺はここに居たいんだ……だから絢奈、これからも傍に居てくれるかな？」

「もちろんですよ♪　改めて、よろしくお願いしますね？」

「おう！　よろしく絢奈」

あぁ……本当に、本当にどれだけ俺に幸せをくれるんだこの子は。

なんつうか今までに何度か、こんな風に重しから解放されたかのような気分になれたことはあった。

しかし今はそのどれよりも圧倒的に解放されたように感じる。

あの夢が……あの夢の中でこちらのことを思い出せるか、俺にとって何が一番大切なのか、それに気付くための試練だったのかもしれない。

考えすぎかもしれないが、少なくとも俺はこれで……本当の意味でこの世界の住人になれた気がしたんだ。

「ねえ斗和君！」

「うん？」

「今の会話を思い返したらさ！　私たちもう、その辺の新婚夫婦以上に仲良すぎるよね⁉　これはもう将来、絶対結婚だよ！　高校卒業したら即結婚！　何なら大学生結婚でもありじゃないかな⁉　かな⁉」

「お、おぉ落ち着け絢奈！」

あまりのテンションで喋（しゃべ）り方が……っ！

本格的に身を乗り出そうとしてくる絢奈を必死に押さえた結果、また少し体調が悪くなってしまう。

「ごめんなさいごめんなさいごめんなさいごめんなさい」

「あはは……ま、落ち着こうな？」

呪詛（じゅそ）のように謝罪を繰り返す絢奈に苦笑しながら、俺はそんな絢奈に改めてお礼を伝えた。

「ありがとう絢奈――俺と出会ってくれて」

その言葉に、絢奈もまたこう言ってくれた。

「私の方こそです。出会ってくれてありがとう斗和君♪」

ちなみにこの言葉は何度もお互いに言い続けている言葉だ。

けれど何度言い合っても満足出来るくらいに、俺は絢奈のことが大切なのだと実感出来る。

そしてそれは絢奈も同じなのだと信じられる……それが本当に幸せなことだった。

（俺は……ここで生きるよ）

この世界で生きる……隣で微笑(ほほえ)んでくれる彼女と共に。

# ６章



風邪で寝込み、改めてこの世界で生きることを誓ったあの日から数日が経った。

結局あの日と翌日の二日間を休み、更には土日を挟んだことで俺の体調は完全に快復し、見事なまでの復活を遂げるに至った。

「……大変だったな色々と」

体調自体はすぐに治ったものの、俺が風邪で寝込んだという事実を聞きつけた人たちの見舞いがそれはもう凄かった。

絢奈が常に傍に居たのはもちろんのこと、星奈さんが来るわ修から連絡が入るわ……更に伊織や真理、相坂からも連絡が来て……もっと言うと神崎さんまでもが家に来る始末だ。

思い出すだけでもあまりにも濃すぎて騒がしい数日だったが、それだけ多くの人に慕われているという事実は素直に嬉しくもあって、外出が出来るようになってすぐに駅前で売り切れ続出のケーキを何とか確保し、全員にご馳走したりなんかもした。

「どうしたんですか？」

「いや、風邪が治ってからのことを思い返してたよ。めっちゃ大変だったなって」

「あはは……確かにそうですね。私が居るから大丈夫なのに、お母さんたち揃いも揃ってあんな！」

「…………」

一番凄かったのは君だけどね……？

あの休んだ日と翌日はともかく、その次の日からの絢奈はそれはもう凄かった。

たった一日二日満足にイチャイチャ出来なかったとはいえ、それを取り戻そうとする絢奈は鬼神の如しだった……まさかあんな風に鬼気迫る表情と雰囲気でイチャイチャしまくりたいって言われるなんてなぁ。

（まあ……それは俺もか）

なんというか、以前にも増して更に絢奈への気持ちが強くなったようにも思える。

そんな俺と絢奈が二人っきりになればまあ……何をするかなんて答えは一つしかない。

『斗和君、今日はずっとこうしていたいです。このままずっと、朝までこうしていたいです♡』

俺の腰に跨り、瞳にハートマークを浮かべて見下ろしてくる絢奈。

夏の暑さに負けないくらい体を熱くしながら、一心不乱にお互いを求め合ったあの時間はしばらく忘れるのは無理だろう。

「それにしても……あれ、何とも煮え切りませんね」

「ま、仕方ねえだろ」

さて、そんな風にいつもの学校生活を送る俺と絢奈だが……今何をしているのかと言うと、屋上に続く扉を少しだけ開けて覗いている。

そこでは相坂と真理が二人で弁当を食べていた。

真理としては楽しそうに喋っているけれど、相坂は緊張しまくりの表情を一切隠せておらず、自分から話を振ることもせず真理からの言葉に相槌（あいづち）しか打てていない。

「なあ絢奈……気になるのは分かるけど、まだ見る？」

「もう少しだけ見守りましょう」

野次馬根性丸出しというのもあれだが、気になるのは確かだ。

そもそもあの二人がこうして一緒に弁当を食べているのは相坂が俺に、真理をどうか誘ってくれないかと提案したことから始まったのだ。

「相坂先輩？　顔、赤すぎませんか……？　はっ!?　もしかして雪代（ゆきしろ）先輩みたいに風邪を引いたのでは!?」

「あ、いや違うんだごめん！　どうも俺は――」

「おでこ触らせてください……あ、熱い⁉　って更に熱くなってこれは高熱ですよ相坂先輩‼」

お前らはコントでもやってんのか、そう言いたくなるくらいの光景につい苦笑する。

「真理ちゃん……流石に小悪魔すぎません？　こう言ってはなんですが相坂君が少し不憫な気も」

「確かにそうかもしれんけど……ま、そこは相坂の頑張り次第ってところだろうな」

「ですね……よしっ、戻りましょうか」

「あいよ」

教室に戻る道中、絢奈がこう言った。

「放課後のこと、覚えてますか？」

「覚えてるよもちろん」

彼女の言葉に俺は頷く。

「水着を買いに行くんだろ？　むしろ俺の方が楽しみにしてたぞ」

「あら♪　それは嬉しい限りです」

今の会話から分かるように、今日は前から約束していた絢奈の水着を買う日だ。

彼女の水着を買うのもそうだが、試着でどんな感じか見られるのも大変楽しみだった

……まあこれが胸を張って言うようなことじゃないのは分かっているが、絢奈が嬉しそうにしているんだし良いんだよこれで。

「ふふ……うふふっ♪」

「絢奈……さん？」

突然、絢奈が妖しく笑い始め俺は一歩退く。

絢奈は周りに他の生徒が居ないのを良いことに、舞台女優のように身振り手振りを交え、願望……もとい妄想を口にし始めた。

「昔から幼馴染（おさななじみ）、辛（つら）い過去を乗り越え更に仲良くなった二人……口を開けばお互いへの愛を口にし、体の相性もバッチリでとにかく天に祝福された私たち。そんな私たちが水着を買いに行って何も起きないわけがなく、水着を見てほしいと試着ボックスに彼氏を連れ込んで……きゃっ♪」

「ないから」

そんなエロゲやエロ漫画でありそうな展開があってたまるか。

「…………」

でもちょっと……そういうシチュエーションに憧れがないわけでもないのが悔しい。

よくある展開じゃないか？

例えば親しい女の子と水着を似合うか見てほしいと頼まれたところで知り合いを近くに発見し、見つかりたくないから……或いはそれを口実に試着ボックスの中へ連れ込み、その後何をするかはジャンルによって変わるけど……何も考えず頭を空にすればそれはそれでそそるシチュエーションだ。

「なあ絢奈、俺は悔しい……現実だと絶対にあり得ないし、出来たとしてもやらないんだけどちょい良いなって思った」

「ですよね！　なのでそういうことは帰ってからしましょうか。斗和君との愛に生きる私としては、買ったばかりの水着を斗和君の手で汚してもらうのも興奮しちゃって……きゃっ♪」

「…………」

最近の絢奈さん、色んな意味でぶっ飛んでる件について。

ただまあこの姿は決して他に人が居れば見せないし、親友の藤堂さんでさえもこのような言動をする絢奈を知らない……知られたらマズくはあるが。

そう、この姿は俺だけしか知らない……でも流石に言動も含めて仕草もエッチすぎるので、いつかは注意をする日が来るかもしれないし来ないかもしれない。

そして時間は流れて放課後になり、終礼が終わると絢奈と共にすぐ学校を出た。

「ふんふんふ～ん♪」

そんなに水着が買うのが楽しみなのか随分と絢奈はご機嫌だ。

「と～わ君♪」

「おっと」

ご機嫌な様子を周りに知らしめるかのように、ギュッと俺の腕を絢奈は抱いた。

そのまま目的地であるショッピングモールへ向かう。

分かっていたことだが普通に歩くだけならそうでもないのに、こうして体をくっ付けて歩いていると当たり前のように視線を集めている。

「そういえば最近、ずっと修君が話したそうにしてるんですよ」

「それ俺も気付いてるよ」

以前、俺と修は話をして和解……と言っていいのか分からないが、取り敢えずわだかまりは完全に解消された。

それで次は絢奈になるわけだけど、流石に絢奈が相手となるとまだ少し勇気が出ないようだ。そこを情けないとは思わないし、むしろ絢奈の方は若干楽しんでいる節がある。

「修君をイジメるわけじゃないんですけど、今までのことがあるので少しだけ困らせてあげたいんですよ。話しかけたいのは分かっていますが、敢えて気付かないフリをしてます」

「それはちょっとかわいそうじゃない？」

「……やっぱりそうですかね？」

　バツが悪そうに絢奈は苦笑した。

「まあでも、勇気を出そうとしているのは分かるのでそれを貫き通してほしいのもあります。今まで私はずっとなよなよした修君しか見ていませんでしたから、その記憶を塗り替えるような勇気を見たいんですよ」

「なるほどな」

　そう言われると絢奈の気持ちも分かる気がする。

　以前に俺が修と話をしたことを絢奈に伝えた時、彼女はとても感心したような表情をしていた。

　せっかくなら自分の目でその変化を見たい……それが今、絢奈が幼馴染として修に期待している部分なんだろう。

「それが見れたら絢奈としては満足っぽいか？」

「そうですね。どんな形でも良いので、それを示してくれたなら私が修君に持つ心残りは完全になくなりますので」

「なんだかんだ、やっぱり絢奈は修にも優しいよ」

「そうですね……前の私を私自身が知っているからこそそれはよく分かります」

なあ修、怖がらずに話しかけてたら全然大丈夫だぞ？

一応何かあったら声を掛けてくれと言ったし、絢奈との橋渡しもするとは伝えている

……けど修はそれを断り、自分一人で話せる勇気を持てたらと言っていたので、その言葉を尊重して俺は手を出さないいんだ。

「あ、見えてきましたよ」

目的のショッピングモールが見えてきた。

ここには色んな物が揃っているが、俺個人としてはそんなに来る場所ではなく、基本的に絢奈が一緒の時くらいしかない。

「つうか今日は涼しくて助かったな」

「そうですね。暑かったら斗和君にこうして引っ付けないですし」

ここに来るまでずっと絢奈が引っ付いていたのも、夏にしては珍しく少し涼しかったからだ。

そうしてモール内に入り向かう先は水着売り場。

やはり時期が時期なだけに人は多く、大人の姿はもちろん俺たちのような学生の姿もた

くさんあった。

「平日なのに人が多いですね」

「だなぁ……」

「どうしました？」

「いや……場違い感が半端ないというか」

絢奈と共に訪れた場所は女性の水着売り場……ということは主に女性しかこの場に居ないのが当たり前だ。

「大丈夫ですよ。こうして私が傍に居れば」

「それはそうだけどさ……」

本来縁のない女性の水着売り場に入る……それで発生するこの場違い感も覚悟はしていたんだが、どうやら俺の覚悟はチョコレートのように甘かったらしい。

そうこうしていると店員さんが近づいてきた。

「どうされましたか？」

「彼の意見を参考に新しい水着を買いに来たんですけど、ちょっと居づらいようでして」

「なるほど！　彼氏さん、彼女さんの付き添いなら何も遠慮することはありませんよ。そもそもこの売り場に男性が入ってはならない決まりはありませんからね」

「は、はぁ……」

「というかなんて美男美女のカップル……はぁ、合コン行こうかしら」

笑顔で近づいてきた店員さんだが、何やら暗いオーラを放ちながら奥へと消えていった……何だったんだ？

「店員さんもああ言ってましたから行きますよ斗和君！」

「うおっ⁉」

どこからそんな力が⁉

そう言いたくなるくらいに絢奈に引っ張られ、俺はついにその禁断の聖域へと足を踏み入れてしまった。

絢奈に手を引かれながらとはいえ、やっぱり恥ずかしいな……。

ただ店員さんが言っていたように悪く言うような声は聞こえず、それだけ絢奈の存在が当たり前だが大きかったようだ。

「たくさんありますね」

「……おぉ」

俺の視界には数多くの水着が飾られており、こんなにも種類があるのかと圧倒されるほどだ。

色々な種類がありデザインも豊富だ。

「さ〜て、斗和君のお眼鏡に適う水着はどれですか？」

「……ふむ」

いや、もうここまで来てオドオドもしてられんだろ。

この数多くある中から俺が絢奈に似合うと思う水着……っとその前に聞いておくか。

「ちなみに絢奈自身はないのか？」

「ええ、今回は斗和君の完全好みに合わせようかなと。なので中々に難しい選択を強いているとも感じています。ですがほら、彼氏の選ぶ水着を着るのも憧れの一つなので」

「……よし、分かった」

ここまで言われたら気合を入れるしかないかぁ……っ！

パシッと両頰を叩き、俺は水着を選ぶことに集中する……周りの女性たちも俺たちの雰囲気から状況を察したらしく、微笑ましいものを見る視線がそこそこ多かった。

（どうっすかな……当然だけど、女性の水着を選ぶだなんて経験が俺にはねえ……そうなると変に考えずこれだと思ったものを選ぶか）

つうか、背中から感じる絢奈の視線があまりにも温かすぎる。

チラッと背後を見ればやっぱり彼女は笑顔で俺を見つめており、俺がどんな水着を選んでも喜んでくれそうだが……そう思うと、絶対に絢奈に着せたくない紐かよって言いたくなる水着が目に入るがあり得ん。

「それが良いんですか？」

「絶対にこれはダメだと自分を戒めたんだ」

「なるほど……確かに私も人前でこれは嫌ですね。買うんでしたら斗和君の前でだけ着ますね」

「あ、はい」

いやそれでも選ばないけどな⁉

気を取り直して水着を物色すること十分、その間ずっと絢奈は口を挟むこともなければ退屈そうな素振りさえ見せない。

絢奈曰く、こうしているだけで幸せなんだそうだ。

「……これかな」

色々見て考えた結果、俺が目に留めたのはシンプルな白いビキニだ。

これは以前に絢奈が着て見せてくれたものとほぼ同じだが、僅かに薄く刺繡が入ってて可愛らしい。

「これですか？」

いるんだ。

絢奈の黒髪ともマッチするし、何より清楚な雰囲気を持つ絢奈にこれでもかと似合って

白という色は何にも染まっていない綺麗な色。

「あぁ……その、やっぱり絢奈は白かなって」

「ふふっ、ではこれを試着してみますね」

最近の絢奈のピンク色な思考はともかく……俺はもう、これしかないんだとそう思った。

水着を手に取り絢奈は試着ボックスへ向かう。

「そこに居てくださいね」

「分かった」

カーテンが閉まり中から服を脱ぐ音が聞こえ、絢奈の息遣いなんかも聞こえて姿が見えないのに色々と想像が捗る。

最近は絢奈が脳内ピンクすぎるとか思ったけど、俺も大概だこれだと。

「よしっ、良いですかね……では行きますよ斗和君」

「え？　もう――」

心の準備をする前にカーテンが開け放たれ、中から天使が現れた。

純白の水着を身に纏った絢奈に俺は一瞬で目を奪われ、すぐに伝えるべき言葉を見失っ

てしまう。

……いや、だってそうだろう？

絢奈は俺の大好きな人、愛している人……そして何より推しだ。

そんな彼女が水着姿を俺に見せてくれた感動は言葉にし難い……要するにそれだけ最高の光景ってことだ。

「斗和君の反応で即決ですね。これ、質感も良くて凄く着やすいですし」

「そっか……良かった。にしてもほんとに絢奈って美少女だよな……思わず天使が出てきたかと思ったくらいだし」

「それは言いすぎでは？　ですがありがとうございます♪」

言いすぎなもんかよ、俺は本当にそう思ったんだから。

しっかし……水着姿の絢奈が可愛いのはもちろんだけど、それ以上に絢奈のスタイルの良さが絶大な色気を醸し出している。

白い水着に包まれた大きな胸の膨らみは圧倒的なまでの谷間を見せ付けているし、果たしてこの姿を見た何人の男が絢奈に目を奪われるだろう……もちろんその隣に居るのは俺だけどな！

「あぁ……斗和君の視線を釘付けにしています……最高です！」

そりゃそうなりますとも。

その後、絢奈は再び制服に着替え水着をレジへ持っていって会計を済ませた。

果たして絢奈の水着お披露目(ひろめ)がいつになるのかは分からないが、まずはこうして今日見られたことを記憶に強く刻んでおこう。

「じゃあ帰ろうか」

「はい……帰ったらどうします？　明美(あけみ)さんが帰るには時間ありますし、これを着て色々やりますか？」

「っ……あれ冗談じゃなかったのか？」

「冗談なわけないじゃないですか！　まあでも、せっかく買ったんですから大切にとっておきましょう。ですからまたいずれ……ですね♪」

……別に残念とか思ってない。思ってないったらない。

ショッピングモールを出た後は特にどこかへ寄ることもなく歩く……ただその途中で急にトイレに行きたくなった。

「ちょっとトイレ行ってくるよ」

「待ってますね」

「すぐ出してすぐ戻る！」

……女の子にすぐ出すって言い方はマズかったか？

けどあの言葉には意味があって、こんな人通りの多い場所に絢奈を置いていったら十中八九ナンパに遭うからである。

すぐにトイレへ駆け込み、出来るだけ早く済ませるように頑張ったが三分くらいは掛かってしまった。

「……クッソ、こんな時に限って腹が痛くなりやがって」

そう文句を言いながらトイレを出て絢奈のもとへ戻ったが案の定だった。

こちらを背にしている絢奈は見るからにチャラチャラとした男に絡まれており、その後ろ姿からとてつもなくイライラしていることが窺えた。

観察なんてしている暇はない、とっとと駆け出そうとしたその時だ。

「絢奈！」

「絢奈さん！」

「……うん？」

隣から聞き覚えのある声が響き、俺は否応なく足を止めた。

絢奈のところに駆け出していたのは修と伊織で、どうしてここに二人がという疑問を置き去りにするように二人は絢奈のもとへ駆ける。

すぐ我に返り、俺も絢奈のもとへ駆け付けようとしたところで目覚めた——絢奈の内に眠る黒い絢奈が。

「何触ろうとしてんですか気持ち悪い。とっとと視界から消えてくれないかなぁ……？こっちは愛しの彼とのデート中だってのに、その良い気分を邪魔すんなよ消えろ‼」

それは憤怒の雄叫びだった。

流石にこれには俺も足を止めてしまい、修と伊織もキョトンとするように足を止め……そしてそれだけではなく、絢奈に言い寄ろうとしていたチャラ男さえもギョッとした様子を見せている。

周りに何人もの通行人が当然居るのだが、辺り一帯が静寂だ。

「……あれ？　見間違いだったかも？」

「絢奈さんによく似た人みたいね……きっとそうに違いないわ」

まさかあんな声を上げたのが絢奈とは思えないようで、修も伊織も足を止めて首を傾げている……というか若干怖がっている。

怖がっているのはこの二人と周りの人々だけでなく、チャラ男もその例に漏れないようでそそくさと背を向けて足早に去っていった。

「まったく……はぁ、斗和君はまだ……え？」

っと、そこで絢奈がこちらに振り向き……そして目を丸くした。

修と伊織もそこで俺の存在に気付いたが、それ以上に今の絢奈の言動が強烈だったようですぐ彼女へ視線が戻る。

「……えっと」

次第に真っ赤になっていく絢奈の顔。

彼女はたまらないと言った様子で顔を伏せて俺に駆け寄り、胸に飛び込むことで顔を隠すことにしたようだ。

「最悪ですぅ〜!!」

チャラ男の登場にイラついて大声を上げてしまったこと、それを修や伊織に見られてしまったことに対する羞恥をこれでもかと感じているようだ。

「あ……絢奈だったんだ……」

「絢奈さん……だったのね……」

ビクビクッと絢奈の体が震えた。

それだけ見られたくなかったんだとは思うが、そもそもああなってしまったのは俺がトイレに行ったからだ。

「ごめんな絢奈、俺がちょっと居なくなったから」

「そんなこと……斗和君のせいじゃありません。あのゴミが気に障ることを言ったからいけないんです」

ゴミって……というか気に障ること？

「彼氏が居るのを分かっているのに誘おうとしてくる常套句ですよ」

「……なるほどね」

たぶん、俺なんかよりも満足させてやるとか言われたのかな……？

だとしたら俺も何好き勝手言ってんだと、人の大事な彼女にちょっかい掛けるなって今にも追いかけたくなるが、今は絢奈を慰めることの方が大事だ。

「よしよし、取り敢えず近くのベンチに座ろうぜ」

「はいぃ……」

俺は修と伊織に良かったらどうだと視線で伝えた。

正直伝わるとは思っていなかったが、二人とも頷いてそのまま後ろをついてきた。

ベンチに座っても絢奈は俺から全く離れず、ボソボソと胸元で呟く。

「何が楽しませてやるですか、何が満足させてやるですか……あぁ気持ち悪くて吐きそうです。私にとって斗和君が一番なんです……斗和君の傍じゃないと私は満足出来ないんですから……生きていけないんですから」

「気に入らないことは全部吐き出せ吐き出せ」

「きぃいいいいいっ!!　本当にムカつきますぅぅ!!」

　これはもう稀に見るレベルにご立腹だ。

　変わらずよしよしと頭を撫でながら、修と伊織に視線を向けて軽く今の絢奈について伝えた。

「絢奈は別に猫を被ってるわけじゃなくて、今まで色々と我慢することが多かったから偶にこうして爆発するんだよ。だからどうか、こんなの絢奈じゃないって思わないでほしい」

　ま、修も伊織もそう思うことはないだろうがな。

　ただ〝今まで我慢することが多かった〟の部分で、修がスッと顔を下に向けたのは心当たりがありすぎるからだろう……いやごめん修。

　そんなつもりで言ったわけじゃないんだが、ちょっとクリティカルヒットさせてしまった。

「俺個人としてはこういう絢奈も好きなんだ。普段お淑やかな絢奈が感情を爆発させたその瞬間も、俺にとっては大好きな恋人であることに何の変わりもないからな」

「……知ってますよ。斗和君がどうしようもなく私のことを好きでいてくれていることくらい」

「だろ？　そしてそれは絢奈もだし？」

「もちろんですよ！」

何当たり前のことを、そう言わんばかりに浮かべられた絢奈の笑顔に俺を含め、修も伊織もクスッと微笑(ほほえ)んだ。

大分絢奈のガス抜きは出来たかな？

そう思ったところで伊織がこんなことを口にする。

「なるほど……ああいうギャップもありなのね」

「伊織さん？」

「ねえ修君、もしも私がギャルというか……そういうものに変貌したらちょっとドキッとする？」

「……え？」

何を言ってるんだこの人、そんな修の視線が伊織を射抜いたが同時に想像もしたらしくかなり嫌そうにしている。

まあ俺も今の発言から少しギャルっぽくなった伊織を想像した。

伊織はクールな印象を相手に与えるが、絢奈と同じで清楚(せいそ)やお淑やかという言葉がおそらく多くなるはず……そんな彼女がいきなりギャルファッションをしだしたら学校の誰もが目を点にするほど驚くと思う。

「……伊織さんがギャルにジョブチェンジしたら確実にあれじゃないですか。信じて送り出したあの子が案件ですよ」

「よく知ってるな絢奈……」

絢奈がどこでそれを知ったのかはともかく、俺も概ね似た意見だ。

「それでどう？　修君」

伊織は楽しそうに修に問いかけるが、修の返事は残酷だった。

「伊織さんがそうなったら驚きますよ。あ、もしかしてエッチな漫画とかみたいにチャラ男と関係でも出来たのかと」

その言葉に、伊織はハッとして修の肩を掴む。

「そ、それは困るわ！　私はそんな体の安売りなんて絶対にしない！」

「ちょ、ちょっとそんな強く肩を揺らさないでください！」

肩をガタガタ揺らされている修は聞こえてないみたいだが、伊織は修以外とそんな関係にはならないだなんてことも言っている。

まあつまりそれだけ必死に否定しているというわけだ。

こんな惨状を繰り広げられれば絢奈の気分も落ち着いたようで、いつもの彼女が戻ってきた。

「斗和君、ありがとうございました」

「落ち着いたなら良かった」

「はい♪」

可愛く返事をした絢奈は、俺から視線を外して修へと向ける。

修も絢奈からの視線を感じ取り、伊織とのやり取りを中断して絢奈と見つめ合う形になった。

しばらく沈黙した空間が展開されるが、少なくとも居心地の悪さは全くない……それが分かっているので、俺は安心してそれを眺めていられる。

「修君……変わりましたね。前よりも大きく見えると言いますか、心が強くなったんだなって思います」

「そう……かな？　うん……そうだと思う」

とはいえ修の方は少し表情も態度も固い。

絢奈がどんな風に思っているかは聞いていたけれど、修からすれば絢奈と話をするのは二カ月振り……そりゃ緊張するよな。

「前に進むと今までと景色が違って見えるでしょう？　この意味が今のあなたなら分かる

と思います」

「……うん、よく分かるよ。如何に自分という存在が小さくて、周りを見ていなかったのかを思い知った」

「ふふっ、そうですね。ですがそれは私も同じです……そしてそれに気付かせてくれた人が居ました」

「そうだね、僕も同じだよ。色々と考えたのは確かだけど、それを気付かせてくれるきっかけになった親友が居た」

隣に居る絢奈、前に立つ修が同時に俺を見つめてきた。

突然視線が集まったことに俺はビックリしたが、次いで恥ずかしさが込み上げてきて頬を掻く。

二人から視線を逸らせばちょうどそこに居たのは伊織だ。

彼女からも生温かいというか、優しい視線を向けられて俺はもうどこに視線を向ければ良いのか分からない。

俺を見つめていた絢奈は再び修へと視線を向け、ニコッと微笑んだ。

「修君、これからもよろしくお願いします。幼馴染として」

「あ……うん……うん！　でもその前に、僕は君にも謝らないといけないことがたくさんあるんだ」

「そこまでしてもらう必要はもうありませんよ。今の修君を見れば色々と分かりますから……ですが、修君が納得出来ないというのであれば一言だけお願いします。もうしんみりとした空気は要らないでしょう？」

「……参ったな。そんな風に言われたら一言で済ますしか僕は出来ないじゃないか——ごめんなさい」

「はい、確かに聞きました。これでもう過去から続く暗いことは終わりですよ終わり！」

……ははっ、こうして眺めていると少し泣きそうだ。

あの日……絢奈に改めて告白して修に関係を伝え、その後の屋上でのやり取りで俺たちの関係はもう終わってしまったと思っていた。

それが今日、こうして俺たちはまた三人揃っている……笑顔を浮かべているこの事実を喜ばないわけがない。

「雪代君、嬉しそうね？」

「そりゃそうだろ……ってすみません敬語が」

「良いのよ別に。けど……私も良い瞬間を見せてもらったわ。色々あったのは把握してるけど、やっと三人に戻ったんじゃない？」

「……ははっ、そうですね」

本当に……本当にやっと戻ったって気がする。

絢奈と修の二人はわだかまりがなくなったことで、今までの空白を取り戻すように会話を楽しんでいる。

その光景にちっとも妬いたりしないが、こうなると俺の会話相手は伊織になりそうだ。

「今日は修と何してたんですか？」

「軽く生徒会の仕事を手伝ってもらっての帰りね。それで偶然絢奈さんを見つけて今に至るわ」

「なるほど、修との時間は楽しかったですか？」

「とてもね。最近の修君は凄いのよ？　以前にも増して手際が良いし、何よりとても明るくなった。雰囲気が良いとそれだけ効率も上がるから」

それは一理あるなぁ……やっぱり何事も雰囲気は大事だってことだ。

「お待たせしました斗和君」

「ありがとう斗和。絢奈との時間をくれて」

「良いってことさ。それじゃあそろそろ帰るか」

「そうですね。修君、それから伊織さんもまた学校で」

「ええ、またね二人とも」

二人と別れ、俺たちはそのまま帰宅した。

この後の予定としては絢奈もうちで夕飯を食べることになっており、星奈さんも合流する予定になっている。

本来であればもう少し早く帰っていたところ、修たちと出会ったことで帰宅時間もそれなりに遅くなった。

「ただいま」

「お邪魔します」

どうやら母さんは既に帰っており星奈さんも来ているみたいだ。

リビングに行くと仲良く二人が会話していて、俺と絢奈もそれに加わって親子の会話を楽しむ。

もちろん一番の話題はさっきのことだ。

「そう……色々とあったけれど良かったじゃないの。ねえ斗和、今度私が居る時に修君を連れてきなさいな」

「分かった」

「絢奈も随分とスッキリしたみたいね。それに修君の方も良かったわ」

「お母さんにも心配を掛けました。でももう大丈夫ですから」

母さんも星奈さんも安心すると同時に嬉しそうで、俺と絢奈は互いに顔を見合わせて笑う。

じゃあ風呂と夕飯の準備をしようか、そう思ったところでまさかの更なる来客が。

「誰かしら……」

「出てくるよ」

玄関に向かい外に出ると、そこに居たのは神崎さんだった。

「やっほ～斗和坊。突然来てごめんねぇ」

「いえいえ……どうしたんですか？」

「姐さんの料理が食べたくなっちゃって！　急だけど大丈夫そう？」

「あぁそういうことですか」

大の大人がそれは……なんて言うのはこの際野暮か。

遅れて現れた母さんは呆れながらも神崎さんを招き入れ、星奈さんと顔を合わせた瞬間に些か微妙な空気が流れたものの心配するようなことは何もなかった。

それどころか母さんが間に入り、絢奈も間に入ることで星奈さんと神崎さんはすぐに打ち解けていた。

「本当に明美は良い子なのよ……それはもう痛いほど分かってるから」

「いやぁ話が分かるねぇ！　そうなんだよ姐さんは本当に――」

「ちょっと、それ以上くすぐったくなる話は止めて」

打ち解けたからこそ夕飯時は騒がしかった。

それもそのはずで酒が入れば騒がしくなる三人が揃えば、ある意味で仕方のないこと……俺と絢奈は早々に食事を食べ終え、俺の部屋へ避難して一息吐く。

「はぁ……まだ抱き着かれた拍子に付いたお酒の臭いが残ってますよ」

「あはは……ま、よく耐えたと思うよ俺たち」

絢奈は母さんに絡まれ、俺は星奈さんと神崎さんに絡まれ、これでもかと酒の臭いを体に付けられてしまった。

この調子だと今日もまた星奈さんは泊まるだろうし、神崎さんも同様かな……ということは絢奈も泊まるということで確定だ。

「あ、見てください斗和君！　流れ星です！」

「見てくれと言われた時にはもう遅い！」

「ですよねぇ～」

星空を眺めている絢奈の背後に忍び寄り、ギュッと抱きしめた。

特に何をするでもなく、そのまま俺も絢奈と同じように空を見上げながらのんびりとした時間を過ごす。

「なあ絢奈……俺たち、ほんと頑張ったと思わないか？」

「思いますよ。正直、高校生で経験するにはあまりにも多くのことがありすぎました」

「ここまで濃い高校生活を送ったのは俺たちくらいだろうな」

そうですねと微笑む絢奈の首筋に顔を埋め、彼女の甘い香りをすぅっと嗅ぐ。

「くすぐったいですよぉ♪」

「ごめん、でもこうしたくなった」

香りを嗅ぐだけでは満足出来ず、ゆっくりと手の位置をズラして絢奈の胸へと添えた。

ゆっくりと指を沈み込ませていくと絢奈の体は震え、絢奈の瞳は期待を滲ませるように潤んでいく……そうして見つめ合うと必然的にお互いの顔が近づきキスへと発展する。

「ちゅっ……ぅん……♪」

触れるだけのキスから舌を使った深いキスになるのもすぐだった。

ここまでスイッチが入れば俺たちは止まれない……しかし、今はまだこの体に触れたりキスをするだけの時間を楽しみたい。

「斗和君は……意地悪です」

「そうか？　ただ可愛い絢奈をもっと見たいって気持ちなんだが」

「それはそれで嬉しいですけど、私だって満足しちゃいます……でもやっぱりこれ以上をしたくなるではないですか」

「……始めようとした手前すまん、もう少し遅くなるまで我慢しよう」

だってほら、母さんたちがまだ起きてるからな。

そう伝えると絢奈は瞬時に頬を膨らませたが、状況を分かってないわけではないので頷いてくれた。

「こういうことを気にしないで良いように、早く二人っきりの空間が欲しいものですね」

「そうだな――」

そう頷こうとした時、リビングの方から大きな音が聞こえた。

おそらく何かを落とした音だろうけど、俺と絢奈は互いにため息を吐いた後、原因を探るために一階へ……大人たちが酒に塗れた戦場へと再び足を踏み入れるのだった。

「あぁもう！　あなたたちは大の大人なんですから限度というものを考えてくださいよ！」

「あ、絢奈ちゃんおかえり〜！」

「絢奈どうしたの？　構ってほしいの？」

「ほらほらおいでよ〜」

「…………」

俺は絢奈の肩が震え出したのを見てリビングを後にした。

果たしてどんな雷が母さんたちに降り注ぐのか想像に難くないが、俺としてはやはりこの騒がしさが大好きだったりする。

「……本当に幸せなことだよな」

これもまた俺と絢奈が手に入れた未来の形……これから先、思い出という宝物に変わりいつまでも俺たちの傍にあるはずだ。

必死に頑張ったここまでの旅路……纏めたら物語にでも出来そうだ。

それこそゲームを超える物語が完成しそうな気もするけれど、それはちょっと言いすぎかな？

「ちょ、ちょっとそれ以上近づかないでください！　斗和君！　酒に呑まれた年増ゾンビたちに襲われてしまいます！」

「と、年増……!?」

「な、なんてことを……っ!?」

「あたしはまだ……って言えない歳だよね……」

三人ほど、床に倒れた音が聞こえた。

また覗(のぞ)くのが怖くなるくらいに地獄絵図が広がっていそうだけど、俺は絢奈の声に応えるように再びリビングへと戻るのだった。

# エピローグ



俺にとってこの世界……エロゲの世界に転生してから今に至るまでの道筋は、どれだけ時が経っても……どれだけ老いても決して忘れることの出来ない日々だった。

絢奈と向き合い、母さんと向き合い、星奈さんと向き合い、修と向き合い……そしてそれ以外の人たちとも向き合い色んな意味で多くの繋がりが出来たと同時に、その繋がりが俺をこの世界の住人にしてくれた……この世界で生きたいと俺に思わせてくれたんだ。

「本当に……本当に色んなことがあったなぁ」

前世を含めても、当然だがここまで濃い高校生活は稀だろう……否、俺くらいしか経験することはないと言えるくらいだ。

「しっかし……あと少しで高校生活も終わりか」

あれから大分……いや、大分と言うにはあまりにも時間が経った。

俺が転生したことに気付いた時は二年生の始まりだったのに、あれから三年生になり……そしてもう卒業間近なんだから。

「っと、確かこの辺に……」

本棚に置かれている一つのアルバムを手に取り開いた。

これは二年生の夏休みを前に買ったもので、俺個人として思い出を形に残したいと思い用意したものだ。

「…………」

アルバムを開くと二年分の思い出が俺を出迎えてくれる。

絢奈はもちろん他の友人たちに始まり、母さんたち大人組との写真もバッチリ残されている……これを見る度に、あぁあの時はこんなことがあったなと鮮明に思い出せるんだ。

「あ、ここはカップル組ゾーンか」

そのページはカップルたちを撮った写真が並んでいる。

あれから時間が経っているのだから俺と絢奈以外の関係もしっかり発展しており、修は大学生になった伊織(いおり)と付き合っているし、どうなるかと思っていたが相坂(あいさか)と真理(まり)も良い感じにくっ付いた。

後はまあクラスメイトの染谷(そめや)と絢奈の友人である藤堂(とうどう)さんだったりと、思えば俺の身近にいる知り合いのほとんどが色々なことを乗り越えて素晴らしいパートナーと巡り合ってるんだよな……これって凄くねえか？

「夏休みは海に、冬休みはスキーに、春休みは……流石にゴタゴタしたりして……三年生はもっと忙しかったな」

そう三年……つまり今年は本当に忙しかった。

アルバムを見ることに夢中になり、俺は背後からゆっくりと近づいてくる存在に気付けなかった。

「だ～れだ」

そう言って背後から目隠しをされたのだが、彼女を分からないなんてあるはずもなく俺は呆気なく答えを口にした。

「絢奈」

「正解です♪」

ひょこっと隣から笑顔の絢奈が顔を出す。

俺もそうだが背も伸びて顔付きも大人びてきたが、絢奈もまた同じように成長した。

ただでさえ美少女だったのに、この一年という時の流れは絢奈を凄まじいほどの美女へと変貌させた……というのはオーバーだけど、それくらい絢奈は凄く綺麗になった。

長くサラサラとした黒髪はそのままに、顔付きは更に大人びてスタイルも成長している……聞くところによると、最近また少し胸が大きくなったとかで下着を買い換えるのが大変だと嘆いていたっけか。

「何をしていたんですか？」

「昔の思い出に浸ってたんだ」

「あ、アルバムですか！」

そこから絢奈も一緒にアルバムを見ていく。

「三年になってから忙しかったですよねぇ。伊織先輩が卒業した後の生徒会長は荷が重すぎましたよ」

三年になってから忙しかった……その最たるものが絢奈が伊織の後の生徒会長になったということだ。

元々絢奈は生徒会長をやる気は全くなかったものの、伊織からの願いと俺が傍で支えるというのもあって引き受けたのである。

「それでも生徒や教師から期待以上の働きって言われたじゃないか」

伊織も凄かったが、絢奈もとにかく凄かった。

教師陣からの信頼も厚く、ある程度なら好き勝手しても融通が利いていたくらいだし……それで絢奈の独断で俺が生徒会副会長になったわけだが。

「斗和君が副会長として私を支えてくれたからですよ」

「……ま、君を支えたかったからな」

「私もそれが分かっていましたから。でも良かったですよねぇ……生徒会室ってほぼ密室みたいなものですし、斗和君と二人で色々なことが出来たじゃないですかぁ♪」

くぅ！　それを言われたらなんも言えねえ！

その時を思い出して顔を赤くする俺を絢奈はクスクスと笑い、あっと声を上げるとある新聞を手にした。

「これも懐かしいですね。去年の夏休み前に出た新聞……ほらほら、私と斗和君がベストカップルですって♪」

「なっつ！」

二年生の夏休み前に新聞部から発行された新聞だ。

当時、文堂先輩たちが取材や厳正なる審査を踏まえて作成した校内カップルランキングというものが掲載されており、俺と絢奈がベストカップルに選ばれている。

「これが決まった時の文堂先輩凄かったよな」

「そうですね。むしろあの人が一番喜んでいたような気も」

当事者の俺たちを差し置いて文堂先輩はとにかく盛り上がっていた。

それだけ俺たち二人を推してくれていたということで、騒ぎすぎだとは思っても止めてくれとは言いづらかった。

そんな新聞部も文堂先輩たちが卒業したことで廃部となり、実質これが最後のカップルランキングになっている。

「本当に……色々ありましたね」

「そうだな……でもそれが全部俺たちの思い出だ」

そしてまた、俺たちは新しい思い出をたくさん作っていく……また新しいアルバムを買って準備をしておかないと。

「斗和君は緊張とかしていません？」

「緊張？」

「大学生活が始まったら一緒に住むことになるじゃないですか」

「……あ～」

大学進学を機に、俺と絢奈はマンションを借りて同棲する手筈だ。

金銭面など色々考えることはあったのだが、母さんや星奈さんが多くのことを手配してくれてこの同棲は決まった。

神崎さんも何かあったら頼ってほしいと言ってくれたので、ある意味最強の布陣で俺たちは守られているってことだ。

「緊張は少し……それ以上に楽しみが勝ってるかな。これで正真正銘、絢奈と二人で過ごすことになるから」

「私も楽しみです！　でも明美さんやお母さんが寂しがるので頻繁に帰ることにはなりそうですけど」

「母さんたちの気持ちも分かるからそりゃ仕方ないかな。寂しがる前に様子を見に帰るつもりだが」

「ですね♪」

ただ……大学に通うという理由があるにしても、今まで過ごしていた家から離れるのは中々寂しいものだ。

それは絢奈も同じようで理由が、母さんも星奈さんも家に一人にしてしまうから。

『な～に子供がそんなこと気にしてんの！』

『そうよ。思う存分大学生活を楽しんでおいで』

何となくこう言われるのが簡単に想像が付く……でも寂しいものは寂しいんだよ。

アルバムと新聞で思い出に浸った後、俺と絢奈は上着をしっかり着込んで外に出た。

既に雪は溶けたが気温はまだ低いので寒い……ふぅっと息を吐き出すと白くなるくらい

だ。

「何も考えずこの寒空の下出てきたけど……」

「まあまあ、お散歩ですよお散歩」

少しでも寒さを紛らわせるように、絢奈が腕に抱き着く。

そのまま向かった先は街を見下ろせる高台……ここはデートスポットとしても有名だし、告白スポットの定番でもあるらしい。

流石（さすが）に今日みたいな日は俺たち以外誰も居ないけど、だからこそこの静かで見晴らしの良い場所を独占出来る。

「斗和君、覚えてますか？」

「大学での学生結婚がどうとかの話？」

「え？　なんで分かったんですか⁉」

いやごめん……まさか的中するとは思わなかった。

ぶっちゃけ何も考えずに言ったんだけど……絢奈ってばかなり興奮した様子でグッと顔を寄せてきた。

「やっぱり斗和君は凄い！　私のこと、何でも知ってるし言ってほしいこと全部分かるもん！」

「ま、まあな！」

「早く結婚しよ！　大好き！」

そうして今度は胸に顔を埋めるように抱き着いてきた彼女を受け止め、俺はどうしようかなとあることを考える。

（いつ……渡そうかな）

それは俺のポケットに入っていて、それなりにロマンチックな雰囲気の時に渡そうと考えている物。

……いやいや、もう今しかなくないか？

もっと良い機会はあるだろうけど、ちょうどその話題になったわけだしな。

「なんて……早とちりはこの辺りにしておきましょうか。でも、覚えててくれたんですね」

「当たり前だろ。絢奈とのことはほとんど忘れないから」

「ほとんど……全部じゃないんですね」

「すまん、流石にそこまで万能じゃない」

何ですかそれと笑う絢奈は俺から離れ、景色を楽しみ始めた。

そんな彼女の背中を見つめ続け……よしっと気合を入れた俺は、ポケットから小さな箱を取り出す。

「……絢奈」

「はい？」

振り向いた絢奈は俺の顔から手元へ視線を移し、えっと驚きの声を上げて再び俺の顔を見つめた。

驚愕（きょうがく）に目を見開く彼女の姿は、あまり見ることがない新鮮さがある。

いきなりこれを見せても絢奈がビックリすることは分かっていたので、順を追って説明することに。

「絢奈には伝えてたけど、神崎さんの伝手（つて）でバイトを一時期していたのは知ってるよな？」

「それは……はい。でも……え？」

そう、俺は神崎さんに相談してバイトを紹介してもらった。

決して闇バイトとかそういうのではなく、真っ当に商売をしている神崎さんの知り合いの店だ。

かなり大変ではあったが、欲しい物を前にした俺にとってそんなものは障害になり得ない……そうして数カ月のバイトを経て、貯（た）めたお金で買ったのがこれなんだ。

「ちなみにこれ、母さんと星奈さんは知ってるんだよ。絢奈にだけ伝えなかったのはまあ……勘弁してほしい」

「あの……え？」

まだ混乱の中に居る絢奈に苦笑し、パカッと箱を開けた。

中にあるのは指輪——これが、俺が絢奈に渡したかった物……これからを誓うと同時に、もっと彼女と一緒に居たいからこその贈り物だ。

「これからもずっと、俺の傍に居てほしい——絢奈、俺は君を心から愛してる」

「あ……あぁ……っ」

「今すぐ……と言うのは無理だけど、必ず結婚しよう」

俺……いくら前世の記憶があるとはいえ、どんなに絢奈が好きだとしても流石にマセすぎだろうとは思う……でもこうしたいと思ったのだから仕方ない。

「どう……かな？」

呆然としていた絢奈は何も言わずに下を向き、肩を震わせた。

目元に手を当てて涙を拭うようにしながら……顔を上げた彼女は笑顔で頷いてくれるのだった。

「はい！」

泣きながらも笑みを浮かべる彼女に手を差し出してもらい、指にゆっくりと指輪を通す。

絢奈はまるで小さな子供になったかのように、空に手を翳すようにしながら指輪から放たれる輝きに感動していた。

「どれだけ嬉しいサプライズなんですか……？」

「ま、これくらいはしたくなったんだよ」

「もう……いきなりすぎますよ。でも凄く嬉しい……私、こんなに幸せで良いのでしょうか」

「何言ってんだよ、もっと幸せになるぞ俺と絢奈は」

この言葉に偽りはない。

俺たちはもっと幸せになる……もっともっと、それこそ他人に嫉妬されるくらい幸せになってやる。

でもそれは絢奈が隣に居なければ意味がない。

そして俺も彼女の隣に居ないと意味がないんだ……なあ絢奈、君の愛が俺は重いって言ってたけど、これは流石に俺も重たいかな？

「斗和君、キスをお願いしても良いですか？」

「もちろんだ」

大切そうに指輪を撫でながらの提案に俺は頷き、軽くキスをする。

(ほんと……遠いところまで来たもんだ)

それは決して悪い意味ではなく、想像もしてなかった最善の未来に辿り着けたことに対する言葉だ。

最初は……とにかく大変で、どうなるか分からなかった。

それでも俺はこうして愛する人の傍に居る……この幸せを摑み取ることが出来たんだ。

「絢奈、愛してる」

「私もです。斗和君、愛しています」

俺たちの人生はこれからも続くのだからまだまだ大変なことはあるだろう。

それでも俺たちに乗り越えられないものはない……いつまでも一緒に、いつまでも君を愛する。

それが俺の摑み取った未来……これからもずっと続いていく絢奈との物語だ。

エロゲのヒロインを寝取る男に転生したが、俺は絶対に寝取らない

〜お終い〜

# あとがき

みょんです。

この度、『エロゲのヒロインを寝取る男に転生したが、俺は絶対に寝取らない』の四巻が無事に発売出来たことをとても嬉しく思います。

そして、この作品を一巻の時から手に取ってくださっている読者のみなさん、本当にありがとうございます！

……はい！

今まで続けてきたこのあとがきも、今回がラストになりますね。

二度目になりますが、四巻が発売出来た……ということはつまり、このエロゲのヒロイン最終巻が無事に世に出せたということで、心から嬉しいと同時に安堵しており……そしてこれでお別れなのかなと作者ながら寂しくも感じています。

この作品は、一巻のあとがきの時にも……他にも色んな所で言っているような気がしますが、元々は自分が初めて書いた作品なので凄く思い入れがあります。

一巻の改稿作業の時に苦労したことや、イラストが届いてテンションがぶち上がったことも懐かしくなりますね。

イラストが届いてテンションが上がるのは、一巻の時だけじゃなくて二巻、三巻、そして今回の四巻も同様でした。

一巻からイラストを担当してくださり、それを最後まで引き受けてくださった千種みのり先生には本当に感謝の念が尽きませんし、間違いなくみのり先生が担当してくださったからこそ、こうしてこの作品は完結出来たと言っても過言ではないと思います。

本当に、本当にありがとうございました！

そして、みのり先生と同じくらいに感謝しているのは編集さんですかね。

初稿からの確認だけでなく、その他の作業に関しても助けてもらいましたし、そもそもこの作品を見つけてもらったからこそ、こうして完結まで続けられた……いえ、この物語を読者のみなさんに届けられたのだと思います。

さて……こうして実際に完結となったわけですが、自分としては結構綺麗に纏まったのではないかなと思います。

終わるのが寂しいとは言いましたけれど、斗和と絢奈の物語はハッピーエンドで終わったし、周りとの関係もハッキリしたのではないでしょうか。

正直なことを言うと、おそらく無限に書き続けられるとは思います。

斗和と絢奈を中心に、エロゲという括りから解き放たれて、ただのラブコメ風な姿もそれはそれで書いてみたかったですけど、やっぱり元々考えていた終着点がこの四巻でしたので、ここで終わるのが適していたのではないかと考えています。

いやでも、こうしてあとがきを書いていてもやはり寂しいというかもっと色んな姿の斗和や絢奈、そして他の登場人物を見ていたかったという気持ちが溢れてきます。

まあでも、その寂しさはWEB版で気が向いたらいつでも書けるのでそこで発散しようと思います（笑）

今回が最後のあとがきなので、書きたいことはたくさんあります。

もっとストーリーについて語りたいし、キャラクターについても語りたいし、他に何が書きたかったのかも語りたい……でもそれを書いてしまうと色々と未練たらたらになりそうなのでこの辺にしといた方が良い気がしますね……。

いやでも、本当に色んな感情がごちゃ混ぜになってるんですよね。

一つの作品……一冊分の文章を書くのは大変でしたし、少しだけ作品から離れて書くことを忘れたいとか思ったこともほんの少しあったくらいなんですよ。

それでも続けられたのは何よりこの作品が好きだったから……自分が書いて作り出したキャラクターたちが大好きだったのが大きかったです。

こんな気持ちになれたのも、こんな経験が出来たのも、これもひとえに運が良かったと言えばそれまでですが、間違いなく自分の頑張りもあったんだよなって……そう考えると自分のことがとても誇らしく思えます。

改めまして、このような経験をさせてくれたことに感謝をしています。

イラストを担当してくださったみのり先生。

どんな時もサポートをしてくださった編集さん。

この作品を手に取ってくださった読者の皆さん。

本当に、本当にありがとうございました!!

こうしてエロゲのヒロインに関しては一つの決着となりましたが、自分――みょんとして出している他の作品も興味を持っていただけたら嬉しいです。

『男嫌いな美人姉妹を名前も告げずに助けたら一体どうなる？』

『手に入れた催眠アプリで夢のハーレム生活を送りたい』

こちらの作品も、是非ともよろしくお願いします！

それでは長くなりましたが、最後にもう一度お礼を言わせてください。

ありがとうございました!!

# 読者アンケート実施中!!

**ご回答いただいた方の中から抽選で毎月10名様に**
**「図書カードNEXTネットギフト1000円分」をプレゼント!!**

URLもしくは二次元コードへアクセスし
パスワードを入力してご回答ください。

https://kdq.jp/sneaker

**[ パスワード：apaxz ]**

●注意事項
※当選者の発表は賞品の発送をもって代えさせていただきます。
※アンケートにご回答いただける期間は、対象商品の初版（第1刷）発行日より1年間です。
※アンケートプレゼントは、都合により予告なく中止または内容が変更されることがあります。
※一部対応していない機種があります。
※本アンケートに関連して発生する通信費はお客様のご負担になります。

# エロゲのヒロインを寝取る男に転生したが、俺は絶対に寝取らない4

著　みょん

角川スニーカー文庫　24221

2024年7月1日　初版発行

発行者　山下直久

発　行　株式会社KADOKAWA
〒102-8177 東京都千代田区富士見2-13-3
電話　0570-002-301（ナビダイヤル）

印刷所　株式会社暁印刷
製本所　本間製本株式会社


◇◇◇




Printed in Japan　ISBN 978-4-04-114977-5　C0193



**★ご意見、ご感想をお送りください★**

〒102-8177 東京都千代田区富士見 2-13-3
株式会社KADOKAWA　角川スニーカー文庫編集部気付
「みょん」先生
「千種みのり」先生

# 角川文庫発刊に際して

角川源義

第二次世界大戦の敗北は、軍事力の敗北であった以上に、私たちの若い文化力の敗退であった。私たちの文化が戦争に対して如何に無力であり、単なるあだ花に過ぎなかったかを、私たちは身を以て体験し痛感した。西洋近代文化の摂取にとって、明治以後八十年の歳月は決して短かすぎたとは言えない。にもかかわらず、近代文化の伝統を確立し、自由な批判と柔軟な良識に富む文化層として自らを形成することに私たちは失敗して来た。そしてこれは、各層への文化の普及滲透を任務とする出版人の責任でもあった。

一九四五年以来、私たちは再び振出しに戻り、第一歩から踏み出すことを余儀なくされた。これは大きな不幸ではあるが、反面、これまでの混沌・未熟・歪曲の中にあった我が国の文化に秩序と確たる基礎を齎らすためには絶好の機会でもある。角川書店は、このような祖国の文化的危機にあたり、微力をも顧みず再建の礎石たるべき抱負と決意とをもって出発したが、ここに創立以来の念願を果すべく角川文庫を発刊する。これまで刊行されたあらゆる全集叢書文庫類の長所と短所とを検討し、古今東西の不朽の典籍を、良心的編集のもとに、廉価に、そして書架にふさわしい美本として、多くのひとびとに提供しようとする。しかし私たちは徒らに百科全書的な知識のジレッタントを作ることを目的とせず、あくまで祖国の文化に秩序と再建への道を示し、この文庫を角川書店の栄ある事業として、今後永久に継続発展せしめ、学芸と教養との殿堂として大成せんことを期したい。多くの読書子の愛情ある忠言と支持とによって、この希望と抱負とを完遂せしめられんことを願う。

一九四九年五月三日

スニーカー文庫